AMAR, VERBO INTRANSITIVO

Mário de Andrade

Amar, verbo intransitivo

idílio

estabelecimento do texto
Marlene Gomes Mendes

NOVA FRONTEIRA | RIO DE JANEIRO 2013

A meu Irmão

SUMÁRIO

NOS CAMINHOS DE UM LIVRO

Marlene Gomes Mendes

Este livro que espera merecer hoje a sua atenção, leitor, guarda uma instigante história nos caminhos que envolvem a criação do texto entre 1927 e 1944, isto é, no período que abrange as duas edições em vida do autor, Mário de Andrade (1893-1945). No arquivo pessoal dele, no Instituto de Estudos Brasileiros da Universidade de São Paulo, documentos oferecem aspectos dessa história a ser restituída.

Escrito de 1923 a 1926, no âmbito do experimentalismo modernista, *Amar, verbo intransitivo* não possui numeração de capítulos e traz na capa a classificação "idílio". Vem à luz em 1927, quando as economias do escritor pagam a tiragem na Casa Editora Antonio Tisi. Volta a ser publicado somente 17 anos depois, em 1944, quando a Livraria Martins Editora o considera o volume III das Obras Completas deste importante polígrafo, em um texto por ele bastante modificado.

Da primeira edição, ou edição *princeps*, Mário de Andrade envia um exemplar a Pio Lourenço Corrêa (1875-1957), o seu "tio Pio", na verdade, primo e amigo com quem manteve fecunda correspondência, entre 1917 e 1945. A esse fazendeiro e intelectual de Araraquara, por ele respeitado como profundo conhecedor da língua portuguesa, em carta de 24 de janeiro de 1927, comunica o envio de dois livros novos, *Primeiro andar*, contos, e sua estreia no romance, para a qual pede leitura cuidadosa:

Se tiver paciência queria o seu comentário severo sobre ortografia e língua do *Amar, verbo intransitivo*. Com certas modificações ortográficas dele sei que o sr. não concordará. Porém o que me interessa são as razões. Escreva, comente na margem e me remande o exemplar. Estudarei seus comentários e farei voltar o livro outra vez.[1]

O exemplar prometido encerra a dedicatória:

Ao Tio Pio Lourenço Corrêa.

Bom, aqui o sr. já não encontra os turtuveios ortográficos do *Primeiro andar*. Uns três ou quatro erros de impressão, como um "tem" plural sem circunflexo e creio que é só. Das inovações assumo toda a responsabilidade. Deste livro me interessavam os seus reparos sobre sintaxe e estilo. Se tiver paciência pra ler, vá anotando num papelinho o que pensar e me mande o resultado depois. Por mais contrário que seja.

Amizade do sempre

Mário de Andrade. S. Paulo, janeiro 1927.[2]

O destinatário, estudioso aplicado da língua portuguesa, tinha autoridade para avaliar questões gramaticais e não se limita a pequenos reparos, postos em cartas. Avesso à renovação, ao longo das páginas do exemplar do romance que lhe fora presenteado, demora-se nas observações a propósito do emprego da língua portuguesa do Brasil, importante componente do projeto nacionalista do autor no modernismo. Nas margens do texto e nas folhas de

1. GUARANHA, Denise, org. *A riqueza nas diferenças: edição fidedigna e anotada da Correspondência Mário de Andrade & Pio Lourenço Corrêa* (1917-1945). Dissertação de mestrado no Programa de Pós-Graduação em Literatura Brasileira; FFLCH-USP. São Paulo, 2007.

2. O exemplar está no Arquivo Mário de Andrade no Instituto de Estudos Brasileiros da Universidade de São Paulo.

guarda, comenta tudo o que lhe parece incorreto, escudando-se no exemplo dos clássicos. Em abril, o primo de São Paulo lhe reclama o livro: "Não me poderá mandar o *Amar* que anotou, já? Careço dele pra corrigir o exemplar que tenho de mandar pro João Ribeiro.[3] No dia 23 do mesmo mês, a resposta de Pio Lourenço Corrêa acusa a devolução.[4] Mário lê a crítica, replica; o volume viaja para Araraquara, retorna com "sustentação do embargo", em certas passagens, e acaba ficando em São Paulo.

Em uma bela encadernação, o exemplar conserva, em sobreposição a tinta preta nas margens, o diálogo de Pio Lourenço com Mário de Andrade. Constitui, na conjunção das notas autógrafas com o texto impresso, um manuscrito de ambos, no qual o autor do livro externa, à margem da p. 35, sua posição a respeito do uso literário da língua falada:

> Desde que principiei abrasileirando a minha *literatura*, tomei sempre bem tento nisto: se emprego termos, locuções, sintaxes de povo, não faço *fala de povo* porém literatura, isto é, busco enobrecer na linguagem escrita os monumentos populares. Carece não esquecer que entre linguagem falada e linguagem escrita vai um abismo quase. É lógico que não basto eu para enobrecer modismos populares porém muitos estão fazendo a mesma coisa. Daqui a 100 anos os nossos netos saberão o que ficou corrente na língua brasileira. Edifico na areia sei bem. Porém as ruínas de mistura com a areia vão fazer chão duro pra edificações futuras. Não faço arte. Minhas obras não passam de ações.[5]

3. Carta a Pio Lourenço Corrêa, escrita em São Paulo, atestada pela pesquisa como anterior a 23 de abril de 1927, transcrita por Denise Guaranha em sua dissertação de mestrado, op. cit., p. 88.

4. Carta de Pio Lourenço Corrêa a Mário de Andrade, datada de 23 de abril de 1927; loc. cit., p. 90.

5. A classificação como manuscrito deste exemplar de discussão e dos "exem-

As datas das cartas a Pio Lourenço, da dedicatória e a discussão nas margens do exemplar mostram que o processo de criação do romance prossegue em 1927. Sugerem que se ramifica, nesse mesmo ano da publicação, nas alterações traçadas no exemplar oferecido a João Ribeiro, documento em uma biblioteca que se dispersou, após morte do crítico. No arquivo de Mário, a criação expande-se, sem grafar datas, em um possível terceiro exemplar. Nele, a reescritura, que se materializa em uma correção na capa, nas anotações autógrafas na folha de rosto e no correr das páginas, esconde duas fases de elaboração. A análise, ao buscar a lógica que as encadeia, desenha a hipótese de que a história da refusão de *Amar, verbo intransitivo* apresenta sua primeira fase na década de 1930, quando o escritor constrói uma nova versão por meio das rasuras. Acréscimos, supressões, substituições e deslocamentos configuraram então um manuscrito na junção da parcela autógrafa com a impressa, trabalho voltado, desde o primeiro instante, para a reedição.

O exame do exemplar rasurado suscita essa hipótese quanto à data, pois, quando o autor cola, sobre o crédito original da capa "CASA EDITORA ANTONIO TISI/ S. PAULO", a tarja branca impressa "EDITORA PIRATININGA/ SÃO PAULO", está pondo em cena suas ligações com a Piratininga que lhe publica, em 1934, o livro de contos *Belazarte*. A ideia ganha força no fato de as modificações traçadas a tinta preta serem bastante semelhantes àquelas que, por volta de 1936, preparam *Macunaíma* para a segunda edição, também em um exemplar da primeira tiragem

plares de trabalho" de obras do autor de *Amar, verbo intransitivo* é formulação de Telê Ancona Lopez. Na transcrição atualizamos a ortografia e respeitamos a ausência de pausas na pontuação, natural nas anotações de margem, traçadas sem intuito de publicação. (MENDES, Marlene Gomes. Diálogo Mário e "tio Pio". *Revista do Instituto de Estudos Brasileiros*, nº 36; São Paulo: 1994, p. 190-243.)

da obra. Ambos os exemplares firmam-se como originais destinados à gráfica. *Macunaíma* sai pela José Olympio Editora, em 1937; mas, por razões que se desconhece, a edição Piratininga não se consuma. No artigo de Mário de Andrade, A PROPÓSITO DE *Amar, verbo intransitivo*, no *Diário Nacional* de São Paulo, em 4 de dezembro de 1927, no chamado "período heroico do modernismo", a defesa aguerrida do "freudismo" do livro indiretamente indica a necessidade do intervalo de alguns anos para a retomada da escritura no exemplar da primeira edição referido. Ali, as rasuras parecem sedimentar aspectos da primeira recepção da obra: nas supressões vê-se que o "cientificismo" não mais se justifica, e as substituições incorporam certas ponderações de Pio Lourenço Corrêa. Entre elas está o emprego de "pra", forma reduzida da preposição "para", por ele contestado. A nova versão aceita o que lhe parece viável, como no caso da dedicatória impressa, "Pra meu Irmão", transformada em "A meu Irmão". No decorrer do texto refundido, percebe-se que o ritmo da frase norteia a permanência ou a substituição de "pra" e "para".

Na página de rosto desse exemplar rasurado, a nota – "A edição deverá obedecer à ortografia oficial brasileira... do momento." –, na mesma tinta preta e no mesmo talhe na letra, traduz o desejo de uma nova publicação, para a qual, no título na capa, já entra a correção sobreposta: "intransitivo" leva a letra esse, no lugar do z ali impresso.

A segunda fase na criação delineia-se no exemplar rasurado. Prende-se a 1942 e 1943, quando Mário de Andrade, já um nome conceituado nas letras brasileiras, organiza a publicação de suas Obras Completas, a convite da Livraria Martins Editora. Em 19 de outubro de 1942, a carta em que Manuel Bandeira atende a uma consulta do romancista situa no tempo o prosseguir da criação:

> Recebi o capítulo inédito do *Amar, verbo intransitivo*. Não pude relacioná-lo com o resto da obra porque verifiquei que não tenho mais nem esse livro nem o *Macunaíma*! [...] Das duas versões propostas prefiro a que remata com: "Não é Mictório, não, minha filhinha... é Taubaté."[6]

O trecho vincula-se à p. 164 do exemplar em questão, onde, na margem superior, a tinta vermelha, a chamada "Entra aqui o capítulo datilografado" lança um fio até o ponto escolhido para o acréscimo. Este é a cômica sequência em que, no trem lotado, a filha caçula de Sousa Costa lê em voz alta os nomes das estações, incluindo "Mictório".

Em 1942, Mário de Andrade regressa, portanto, ao exemplar rasurado de *Amar, verbo intransitivo*: usa tinta vermelha, lápis azul e lápis preto. A tinta serve-lhe para sinalizar a inserção da nova sequência e excluir parcelas de vários trechos acrescentados a tinta preta em 1927 ou logo depois. Quando introduz a nova sequência, paralelamente preserva, no arquivo, em folhas soltas, um autógrafo e dois datiloscritos de versões dela.

Nessa mesma fase, o lápis azul vem em seguida; atento à edição do idílio pela Livraria Martins, Mário de Andrade faz novos cortes por meio de cruz sobre trechos longos dedicados à expressão do narrador. Pelo que se depreende ao examinar a maioria dos manuscritos de sua lavra, o escritor, que lecionava no Conservatório Dramático e Musical de São Paulo, recorre freqüentemente ao lápis de professor, assim chamado na época. Lápis de duas pontas grossas, uma vermelha e a outra azul, era usado para corrigir tarefas dos alunos. Destas cores Mário tirou um código para a avaliação dos textos de sua autoria, através de cruzes: azul para suprimir, descartar a publicação; vermelho, para aprová-la.

6. MORAES, Marcos Antonio de, org. *Correspondência Mário de Andrade & Manuel Bandeira*. 2ª. ed. São Paulo: IEB/Edusp, 2001, p. 662.

Na história que o exemplar retém, esta fase admite também a nota a lápis preto, na página de rosto: "(Só estará definitiva a correção quando tiver a x encarnada)", advertência esquecida de que a exclusão estava em cruzes azuis, as únicas desse momento da escritura. Depois dela, uma segunda chamada confirma a lápis vermelho, letras graúdas, a intenção da retomada: "Exemplar corrigido para a 2ª edição".[7] Ela permite que se classifique o volume como um "exemplar de trabalho", adotando a qualificação cunhada por Mário para designar as versões que advêm da sua intervenção autógrafa sobre os seus textos impressos. A indicação chancela o prosseguimento do processo criativo e inscreve o volume no rol dos "exemplares de trabalho", manuscritos que contam, entre outros títulos, *A escrava que não era Isaura, Macunaíma,* o *Compêndio de história da música* e *Os filhos da Candinha.* Cabe lembrar que, nos dias de hoje, na esteira da crítica genética, pensa-se que o processo criativo não implica correção, mas evolução na escritura de uma obra, em um projeto literário.

A correspondência entra novamente na história do livro, desta vez para dar voz ao autor que referenda o movimento constante da sua criação e revela que as provas do livro estavam em sua casa. Em 5 de junho de 1944, ele escreve ao crítico Álvaro Lins:

> Vem um amigo para revermos as provas do futuro *Amar, verbo intransitivo*, que sai bem remodelado. Vamos ver se melhora um bocado.[8]

7. A cedilha de "edição" sobrepõe-se à nota a lápis, marcando uma segunda etapa desta fase da escritura.

8. BORBA, José César e MOREL, Marco, org. *Cartas de Mário de Andrade a Álvaro Lins*. Rio de Janeiro, José Olympio, 1983, p. 113.

Mário de Andrade já havia focalizado a reescritura na carta de 10 de dezembro de 1943, endereçada a Pio Lourenço Corrêa:

> Creio que o livro, como romance, melhorou bem. Cortei os monólogos meus e acrescentei apenas uma viagem de família brasileira no trem-de-ferro. Como linguagem pouco pude melhorar (no que eu entendo por melhorar) porque o estilo está muito marcado pelo tempo. Assim que chegarem os 1os exemplares (não muito já, pois o livro nem está se imprimindo) lhe mandarei o seu.[9]

A segunda edição de *Amar, verbo intransitivo* chega às livrarias em dezembro de 1944, mas, curiosamente não cristaliza, na íntegra, a versão final presente no manuscrito/exemplar de trabalho. Pode-se então aventar que a continuação do processo criativo teria se materializado de duas formas: nas provas tipográficas ou em mais um exemplar de trabalho no qual o romancista, ao passar a limpo, a modificou. Porém, qualquer que tenha sido, esse derradeiro documento da criação perdeu-se na gráfica da *Revista dos Tribunais*, contratada pela Livraria Martins.[10]

O estabelecimento do texto desta edição de *Amar, verbo intransitivo* pautou-se pelo texto na edição Martins de 1944, confrontado com o do manuscrito remanescente no exemplar de trabalho, o qual acompanhou o processo criativo do romance de 1927 a 1943. A preparação do texto, ciente de que qualquer obra editada não representa unicamente a escritura do autor, porque sofre interferências durante a composição e a revisão do livro, muito valorizou esse manuscrito. Nele se apoiou nos casos de dúvida quanto a palavras e expressões ou quanto à pontuação, suscitados pela edição de 1944.

9. GUARANHA, Denise, org. op. cit., p. 382.

10. O acervo dessa importante gráfica conserva um exemplar de cada livro que imprimiu, mas não os originais e as provas.

Além disso, cumpriu a praxe e a disposição de Mário de Andrade:

> A edição deverá obedecer à ortografia oficial brasileira... do momento.

Agregou também documentos concernentes à história literária: a folha de rosto do exemplar rasurado, o "Posfácio" e o artigo de Mário de Andrade A PROPÓSITO DE *Amar, verbo intransitivo*.

A porta do quarto se abriu e eles saíram no corredor. Calçando as luvas Sousa Costa largou por despedida:

– Está frio.

Ela muito correta e simples:

– Estes fins de inverno são perigosos em São Paulo.

Lembrando mais uma coisa reteve a mão de adeus que o outro lhe estendia.

– E, senhor... sua esposa? está avisada?

– Não! A senhorita compreende... ela é mãe. Esta nossa educação brasileira... Além do mais com três meninas em casa!...

– Peço-lhe que avise sua esposa, senhor. Não posso compreender tantos mistérios. Se é para bem do rapaz.

– Mas senhorita...

– Desculpe insistir. É preciso avisá-la. Não me agradaria ser tomada por aventureira, sou séria. E tenho 35 anos, senhor. Certamente não irei se sua esposa não souber o que vou fazer lá. Tenho a profissão que uma fraqueza me permitiu exercer, nada mais nada menos. É uma profissão.

Falava com a voz mais natural desse mundo, mesmo com certo orgulho que Sousa Costa percebeu sem compreender. Olhou pra ela admirado e, jurando não falar nada à mulher, prometeu.

Elza viu ele abrir a porta da pensão. Pâam... Entrou de novo no quartinho ainda agitado pela presença do estranho. Lhe deu um olhar de confiança. Tudo foi sossegando pouco a pouco. Penca de livros sobre a escrivaninha, um piano. O retrato de Wagner. O retrato de Bismarck.

Terça-feira o táxi parou no portão da Vila Laura. Elza apeou ajeitando o casaco, toda de pardo, enquanto o motorista botava as duas malas, as caixas e embrulhos no chão.

Era esperada. Já carregavam as malas pra dentro. Uns olhos de 12 anos em que uma gaforinha americana enroscava a galharia negro-azul apareceu na porta. E no silêncio pomposo do casão o xilofone tiniu:

– A governanta está aí! Mamãe! a governanta está aí!

– Já sei, menina! Não grite assim!

Elza discutia o preço da corrida.

– ...e com tantas malas, a senhora...

– É muito. Aqui estão cinco. Passe bem. Ah, a gorjeta...

Deitou quinhentos réis na mão do motorista. Atravessou as roseiras festivas do jardim.

Dia primeiro ou dois de setembro, não lembro mais. Porém é fácil de saber por causa da terça-feira.

Bem diferente dos quartinhos de pensão... Alegre, espaçoso. Pelas duas janelas escancaradas entrava a serenidade rica dos jardins. O olhar torcendo para a esquerda seguia a disciplinada carreira das árvores na avenida. Em Higienópolis os bondes passam com bulha quase grave soberbosa, macaqueando o bem-estar dos autos particulares. É o mimetismo arisco e irônico das coisas ditas inanimadas. São bondes que nem badalam. Procedem como o rico-de-repente que no chá da senhora Tal, família campineira de sangue, adquire na epiderme do fraque a macieza dos tradicionais e cruza as mãos nas costas – que importância! – pra que a gente não repare na grossura dos dedos, no quadrado das unhas chatas. Neto de Borbas me secunda desdenhoso que badalo e mãos ásperas nem por isso deixam de existir, ora! o badalo pode não tocar e mãos se enluvam.

Elza trouxe de novo os olhos de fora. O criado japonês botara as malas bem no meio do vazio. Estúpidas assim. As caixas, os embrulhos perturbavam as retas legítimas.

A moça, depois das cortesias trocadas com a senhora Sousa Costa e um naco de conversa indiferente, subira apenas pra tirar o chapéu. Logo o criado viria chamá-la pro almoço... Acalmava depois aquilo, agora tinha de se arranjar. Alisou os cabelos, deu à gola da blusa, às pregas do casaco uma rijeza militar. Nenhuma faceirice por enquanto. No princípio tinha de ser simples. Simples e insexual. O amor nasce das excelências interiores. Espirituais, pensava. O desejo depois.

Quando pronta, esperou imaginando, encostada no lavatório. Ganhava mais oito contos... Se o estado da Alemanha melhorasse, mais um ou dois serviços e podia partir. E a casinha sossegada... Rendimento certo, casava... O vulto ideal, esculpido com o pensamento de anos, atravessou devagarinho a memória dela. Comprido magro... Apenas curvado pelo prolongamento dos estudos... Científicos. Muito alvo, quase transparente... E a mancha irregular do sangue nas maçãs... Óculos sem aro...

Se impacientou. Quis pensar prático, e o almoço? Por que o criado não chegava? A senhora Sousa Costa avisara que o almoço era já. Devia de ser já. No entanto esperava fazia bem uns quinze minutos, que irregularidade. Olhou o relógio-pulseira. Marcava aluado como sempre, ponhamos seis horas. Ou dezoito, à escolha. Havia de acertá-lo outra vez quando chegasse embaixo no hol. Dez vezes, cem vezes. Inútil mandá-lo mais ao relojoeiro, mal sem cura. Em todo o caso sempre era relógio. Porém não teriam hora certa de almoçar naquela casa? Olhou pro céu. Ficou assim.

O pequeno corredor de que o quarto dela era a última porta dava pra sala central. De lá vinham as flautas e os tico-ticos. Parava a música. A bulha dos passinhos arranhava o corredor. De repente foge-fugia assustado sem motivo colibri. Plequepleque, pleque... pleque...

Causava aqueles atropelos... Nem sorriu. As crianças desta casa são curiosas. Pensou em sair do quarto, indagar. Não que tivesse fome, porém era hora do almoço, a senhora Sousa Costa afirmara que o almoço era já. Mãozinha tamborilando no mármore. Depois olhou as unhas. Repuxava uma pele mais saliente.

– Mamãe! Mamãe! olhe Carlos!

O menino agarrara a irmã na boca do corredor. Brincalhão, bem disposto como sempre. E machucador. Porém não fazia de propósito, ia brincar e machucava. Cingia Maria Luísa com os braços fortes, empurrava-a com o peito, cantarolando bamboleado no picadinho. Ela se debatia, danando por se ver tão mais fraca. Empurrada sacudida revirada. "Tatu subiu no pau..."

– Mamãe! Me largue, Carlos! me laargue!

Sacudida revirada, tiririca, socos.

– ..."Lagarto lagartixa

Isso sim é que pode ser."

Empurrada sacudida.

– Mamãe!...

A carne rija dele recebia os socos, deliciada. Só protegia a cara erguendo-a pro alto, de lado. Podia bater até no estômago se quisesse! Já praticava boxe. "Tatu subiu..."

Dona Laura embaixo:

– Que é isso, meninos! Carlos! ôh Carlos! Desça já!

– Não estou fazendo nada, mamãe! Também não posso dançar um poucadinho!

– É! me sacudiu toda!... Bruto!

– Estava ensinando o shimmy pra ela, mamãe! Você não viu a Bêbê Daniels?

– Mas eu não sou Bêbê Daniels!

– Mas eu quero que seja!

– Não sou e não sou, pronto! Mamãe!

– "Tatu sub..."

– Me largue! Bruto bruto!

Elza desembocara na sala. Carlos, vendo a desconhecida, largou Maria Luísa e encabulou. Pra disfarçar carregou a irmãzinha menor. Machucou. Flautim:

– Mamãe! Mamãe!

Se rindo do chuvisco dos tapinhas, carregando a irmã no braço esquerdo, Carlos ofereceu a mão livre à moça. Voz paulista, certa de chegar no fim da frase. Olhos francos investigando.

– Bom dia. A senhora é a governanta, é?

Ela sorriu, escondendo a irritação.

– Sou.

Mas Aldinha, achando de jeito a mão que Carlos trouxera pra resguardo do rosto, mordeu.

– Viu só! Mamãe! Aldinha me deu uma dentada!

– Meu Deus! inda enlouqueço com essas crianças!

– Tirou sangue! Olhe aí o que você fez, sua gatinha!

– Carlos, você não me ouve! Olhem que eu subo!

Dona Laura nunca subiria a escada outra vez.

– Mamãe... foi ele que me machucou! já chorosa.

– Vocês não ouvem sua mãe chamar! Desçam já!

Era a clave de fá de Sousa Costa. Barítono enfarado, de quem não gosta de se amolar nem passar pitos.

Elza consolava a pecurrucha, com meiguice emprestada. Não sabia ter meiguice. Mais questão de temperamento que de raça, não me venham dizer que os alemães são ríspidos. Tolice! conheci.

Carlos descia a escada rindo. Se explicava. Limpava o sangue na outra mão, esfregando a mordida. Era exagero só pra evitar pito maior. Elza viu ele descer, equilibrado, brincando com os degraus. Aquele "A senhora é a governanta..." Percebeu que o menino era um forte.

Machucador apenas.

Ali pela boca da noite o viver da casa já estava reorganizado e velho. A mesma coisa de antes resvalando para a mesma coisa de em seguida. Isto não sei se é bem se é mal, mas a culpa é toda de Elza. Isto sei e afirmo. Se não fosse a moça, dona Laura levaria um dilúvio de manhãs pra se acomodar com a situação nova. Sousa Costa inda por vinte jantas teria a surpresa desagradável duma intrometida lhe roubando as anedotas de família. Elza porém desde o primeiro instante se apresentara tão conhecida, tão trilhada e de ontem! O desembaraço era premeditado não tem dúvida, mas lhe saía natural e discreto. Isto se descontaria dentre as facilidades das raças superiores... Porém tal razão é assuntar apenas a epiderme da experiência. Antes, estou disposto a reconhecer nela essa faculdade prática de adaptação dos alemães em terra estranha.

Imediatamente se apossara dos deveres próprios e se colocara na posição exata. O começo dela é de quem recomeça. Você repare no filho, na mulher que voltam dos quinze dias de fazenda ou Caxambu. Abraços, forrobodó festivo, admiração premeditada. “Você está bem mais gordo!” Alegrias. Depois a gente troca as novidades. Depois a mesma coisa recomeça, o polvo readquire o tentáculo que faltava. Com a mesma naturalidade quotidiana, pratica o destino dele: prover e vogar. Sobe à tona da vida ou desce porta adentro, na profundeza marinha. Profundeza eminentemente respeitável e secreta. Quanto à tona da vida, já se conhece bem a fotografia: A mãe está sentada com a família menorzinha no colo. O pai de pé descansa protetoramente no ombro dela a mão honrada. Em torno se arranjaram os barrigudinhos. A disposição pode variar, mas o conceito continua o mesmo. Vária disposição demonstra unicamente o progresso que nestes tempos de agora fizeram os fotógrafos norte-americanos.

Elza é filho chegando do sítio ou mãe que volta de Caxambu. Membro que faltava e de novo cresce. Começara como quem recomeça, e a tranquilidade aplainou logo a existência dos Sousa

Costas, extraindo as últimas lascas da desordem, polindo os engruvinhamentos do imprevisto.

Mesmo para as meninas, três: Maria Luísa com doze anos, Laurita com sete, Aldinha com cinco, Elza já dera completo conhecimento de si, estrangulando a curiosidade delas. Já determinara as horas de lição de Maria Luísa e Carlos. Já dispusera os vestidos, os chapéus e os sapatos na guarda-roupa. No jardim, fizera as meninas pronunciarem muitas vezes: Fräulein. Assim deviam lhe chamar.

"Fräulein" era pras pequenas a definição daquela moça... antipática?... Não. Nem antipática nem simpática: elemento. Mecanismo novo da casa. Mal imaginam por enquanto que será o ponteiro do relógio familiar.

Fräulein... nome esquisito! nunca vi! Que bonitas assombrações havia de gerar na imaginação das crianças! Era só deixar ele descansar um pouco na ramaria baralhada, mesmo inda com poucas folhas, das associações infantis, que nem semente que dorme os primeiros tempos e espera. Então espigaria em brotos fantásticos, floradas maravilhosas como nunca ninguém viu. Porém as crianças nada mais enxergariam entre as asas daquela mosca azul... Elza lhes fizera repetir muitas vezes, vezes por demais a palavra! Metodicamente a dissecara. "Fräulein" significava só isto e não outra coisa. E elas perderam todo gosto com a repetição. A mosca sucumbira, rota, nojenta, vil. E baça.

Talqual o substantivo, Elza se mostrara no seu eu visível e possível. No seu eu passível de entendimento infantil. Que infantil! humano, universal, devo escrever. Malvada! Cerceara os galopes da criação imaginativa, iluminara de sol cru as sombras do mistério. Quedê os elfos da Floresta Negra? as ondinas sonorosas do Vater Rhein? A gente percebia muito bem as cordas que elevavam a protagonista no ar. O público não aplaudiu.

As crianças lhe chamariam sempre Fräulein... Fräulein queria dizer moça? Qual moça nem virgem! Fräulein era Elza. Elza era a governanta. Professora. Regrava passeios sempre curtos, batia as horas das lições sempre compridas. Como é que o público podia se interessar por uma fita dessas! Não aplaudiu. Com outras palavras mais bonitas, assim pensou mais tarde Maria Luísa Sousa Costa, herdeira de fazendas, grave.

– Como ela está ficando parecida com a senhora, dona Laura!

– Acha!...

Mas não tem dúvida: isso da vida continuar igualzinha, embora nova e diversa, é um mal. Mal de alemães. O alemão não tem escapadas nem imprevistos. A surpresa, o inédito da vida é pra ele uma continuidade a continuar. Diante da natureza não é assim. Diante da vida é assim. Decisão: Viajaremos hoje. O latino falará: Viajaremos hoje! O alemão fala: Viajaremos hoje. Ponto-final. Pontos-de--exclamação... É preciso exclamar pra que a realidade não canse...

Sousa Costa usava bigodes onde a brilhantina indiscreta suava negrores nítidos. Aliás todo ele era um cuitê de brilhantinas simbólicas, uma graxa, mônada sensitiva e cuidadoso de sua pessoa. Não esquecia nunca o cheiro no lenço. Vinha de portugueses. Perfeitamente. E de Camões herdara ser femeeiro irredutível.

Em tempos de calorão surgiam nos cabelos negros de dona Laura umas ondulações suspeitas. Usava penteadores e vestidos de seda muito largos. Apenas um gesto e aqueles panos e rendas e vidrilhos despencavam pra uma banda, afligindo a gente. Meia malacabada. Era maior que o marido, era. Lhe permitira aumentar as fábricas de tecidos no Brás e se dedicar por desfastio à criação do gado caracu.

Nas noites espaçadas em que Sousa Costa se aproximava da mulher, ele tomava sempre o cuidado de não mostrar jeitos e sabenças adquiridos lá embaixo no vale. No vale do Anhangabaú? É. Dona Laura comprazia com prazer o marido. Com prazer? Cansada. Entre ambos se firmara tacitamente e bem cedo uma convenção honesta: nunca jamais ele trouxera do vale um fio louro no paletó nem aromas que já não fossem pessoais. Ou então aromas cívicos. Dona Laura por sua vez fingia ignorar as navegações do Pedro Álvares Cabral. Convenção honesta se quiserem... Não seria talvez a precisão interior de sossego?... Parece que sim. Afirmo que não. Ah! ninguém o saberá jamais!...

E quem diria que Sousa Costa não era bom marido? era sim. Fora tão nu de preconceitos até casar sem pôr reparo nas ondas suspeitas dos cabelos da noiva. E bem me lembro que ficaram noivos em tempo de calorão... Dona Laura retribuía a confiança do marido, esquecendo por sua vez que bigodes abastosos e brilhantinados são suspeitos também. Sentia agora eles trepadeirando pelo braço gelatinoso dela e, meia dormindo, se ajeitando:

– Vendeu o touro?

– Resolvi não vender. É muito bom reprodutor.

Dormiam.

Quando Carlos nasceu batizaram-no, pois não. As meninas iam nas missas de domingo, se era manhã de sol, o passeio até fazia bem... Com nove anos mais ou menos recebiam a primeira comunhão. Dona Laura mandava lhes ensinar o catecismo por uma parenta pobre, muito religiosa, coitada! catequista em Santa Cecília. Dona Laura usava uma cruz de brilhantes que o marido dera pra ela no primeiro aniversário de casamento. Era uma família católica. Nas festas principais da casa vinha Monsenhor.

Carlos abaixou o rosto, brincabrincando com a página:

– Não sei... Papai quer que eu estude Direito...

– E você não gosta de Direito?

– Não gosto nem desgosto, mas pra quê? Ele já falou uma vez que quando eu fizer vinte e um anos me dá uma fazenda pra mim... Então pra quê Direito!

– Quantos anos você tem?

– ...fazer dezasseis.

– Ich bin sechzehn Jahre alt.

Carlos repetiu encabulado.

– Não. Pronuncie melhor. Não abra assim as vogais. É sechzehn.

– Sechzehn.

– Isso. Repita agora a frase inteira.

– Em inglês eu sei bem! I'm sixteen years old!

Fräulein escondeu o movimento de impaciência. Não conseguia prender a atenção do menino. O inglês e o francês eram familiares já pra ele. Principalmente o inglês de que tinha aulas diárias desde nove anos. Mas alemão... Já cinco lições e não decorara uma palavrinha só, burrice? Nesta aula que acabava, Fräulein já fora obrigada a repetir três vezes que irmã era Schwester. Carlos aluado. As palavras alemãs lhe fugiam da memória, assustadiças, num tilintar de consoantes agrupadas. Pra salvar a vaidade respondia em inglês. Machucava a professora, lhe dando uns ciúmes inconscientes. Porém Fräulein se esconde num sorriso:

– Não faça assim. Ich bin sechzehn Jahre alt, repita. Só mais uma vez.

Carlos repetiu molemente. A hora acabava. Se livrar daquela biblioteca!...

Encontraram Maria Luísa no hol. Carlos parou pernas fincadas, peitaria ressaltada, impedindo a passagem da irmã.

– Mamãe! venha ver Carlos!

Fräulein puxava-o pela mão.

– Carlos, já começa...

Segurava-o com doçura, se rindo. Ele deu aquele risinho curto. Desapontava sempre. Ao menos desenhava no jeito a aparência do desapontamento. Nenhuma timidez porém, muito menos ainda a desconfiança de si mesmo. Desapontava no sorriso horizontal, mostrando a fímbria dos dentes grandalhões irregulares. Desapontava no olhar, pondo olheiras na face com a sombra larga das pestanas. Agora estava muito encafifado por causa da munheca presa entre as mãos da moça. Se desvencilhava aos poucos. Ela forcejou.

– Você não é mais forte que eu!

– Sooooou! um minuto durou o indicativo presente. E foi um brinquedinho se livrar. Sem aspereza. Subiu a escada, pulando de quatro em quatro os degraus.

Fräulein ficou imóvel. Deliciosamente batida.

Não vejo razão pra me chamarem vaidoso se imagino que o meu livro tem neste momento cinquenta leitores. Comigo 51. Ninguém duvide: esse um que lê com mais compreensão e entusiasmo um escrito é autor dele. Quem cria, vê sempre uma Lindoia na criatura, embora as índias sejam pançudas e ramelentas.

Volto a afirmar que o meu livro tem 50 leitores. Comigo 51. Não é muito não. Cinquenta exemplares distribuí com dedicatórias gentilíssimas. Ora dentre cinquenta presenteados, não tem exagero algum supor que ao menos 5 hão de ler o livro. Cinco leitores. Tenho, salvo omissão, 45 inimigos. Esses lerão meu livro, juro. E a lotação do bonde se completa. Pois toquemos pra avenida Higienópolis!

Se este livro conta 51 leitores sucede que neste lugar da leitura já existem 51 Elzas. É bem desagradável, mas logo depois da primeira cena, cada um tinha a Fräulein dele na imaginação. Contra isso não posso nada e teria sido indiscreto se antes de qualquer familiaridade com a moça, a minuciasse em todos os seus pormenores físicos, não faço isso. Outro mal apareceu: cada um criou Fräulein segundo a própria fantasia, e temos atualmente 51 heroínas pra um só idílio.

51, com a minha, que também vale. Vale, porém não tenho a mínima intenção de exigir dos leitores o abandono de suas Elzas e impor a minha como única de existência real. O leitor continuará com a dele. Apenas por curiosidade, vamos cotejá-las agora. Pra isso mostro a minha nos 35 atuais janeiros dela.

Se não fosse a luz excessiva, diríamos a Betsabê, de Rembrandt. Não a do banho que traz bracelete e colar, a outra, a da *Toilette*, mais magrinha, traços mais regulares.

Não é clássico nem perfeito o corpo da minha Fräulein. Pouco maior que a média dos corpos de mulher. E cheio nas suas partes. Isso o torna pesado e bastante sensual. Longe porém daquele peso divino dos nus renascentes italianos ou daquela sensualidade das figuras de Scopas e Leucipo. Isso: Rembrandt, quase Cranach. Nenhuma espiritualidade. Indiferente burguesice. Casasse com ela mais cedo, o marido veria no fim da vida a terra e os cobres repartidos entre 21 generaizinhos infelizes. Disse 21 porque me lembrei agora da filharada de João Sebastião Bach. Generaizinhos porque me lembrei do fim de Alexandre Magno. E infelizes? Ora por que qualifiquei os 21 generaizinhos de infelizes!... pessimismo! amargura! ah...

Isso do corpo de Fräulein não ser perfeito, em nada enfraquece a história. Lhe dá mesmo certa honestidade espiritual e não provoca sonhos. E aliás, se renascente e perfeito, o idílio seria o mesmo.

Fräulein não é bonita, não. Porém traços muito regulares, coloridos de cor real. E agora que se veste, a gente pode olhar com mais franqueza isso que fica de fora e ao mundo pertence, agrada, não agrada? Não se pinta, quase nem usa pó-de-arroz. A pele estica, discretamente polida com os arrancos da carne sã. O embate é cruento. Resiste a pele, o sangue se alastra pelo interior e Fräulein toda se roseia agradavelmente.

O que mais atrai nela são os beiços, curtos, bastante largos, sempre encarnados. E inda bem que sabem rir: entremostram apenas os dentinhos dum amarelo sadio mas sem frescor. Olhos castanhos, pouco fundos. Se abrem grandes, muito claros, verdadeiramente sem expressão. Por isso duma calma quase religiosa, puros. Que cabelos mudáveis! ora louros, ora sombrios, dum pardo em fogo interior. Ela tem esse jeito de os arranjar, que estão sempre pedindo arranjo outra vez. Às vezes as madeixas de Fräulein se apresentam embaraçadas, soltas de forma tal, que as luzes penetram nelas e se cruzam, como numa plantação nova de eucaliptos. Ora é a mecha mais loura que Fräulein prende e cem vezes torna a cair...

O menino aluado como sempre. Fixava com insistência um pouco de viés... Seria a orelha dela? Mais pro lado, fora dela, atrás. Fräulein se volta. Não vê nada. Apenas o batalhão dos livros, na ordem de sempre. Então era nela, talvez a nuca. Não se desagradou do culto. Porém Carlos com o movimento da professora viu que ela percebera a insistência do olhar dele. Carecia explicar. Criou coragem mas encabulou, encafifado de estar penetrando intimidades femininas. Não foi sem comoção, que venceu a própria castidade e avisou:

– Fräulein, seu grampo cai.

O gesto dela foi natural porque o despeito se disfarçou. Porém Fräulein se fecha duma vez. Quinze dias já e nem mostras do mais leve interesse, arre!

Será que não consegue nada!... Isso lhe parece impossível, estava trabalhando bem... Que nem das outras vezes. Até melhor, porque o menino lhe interessava, era muito... muito... simpatia? a inocência verdadeiramente esportiva? talvez a ingenuidade... A serena força... Und so einfach,[1] nem vaidades nem complicações... atraente. Fräulein principiara com mais entusiasmo que das outras vezes. E nada. Veremos, ganhava pra isso e paciência não falta a alemão. Agora porém está fechada por despeito, dentro dela não penetra mais ninguém.

1. Nota do Autor: É tão simples.

Fräulein se sentiu logo perfeitamente bem dentro daquela família imóvel mas feliz. Apenas a saúde de Maria Luísa perturbava um tanto o cansaço de dona Laura e a calma prudencial de Sousa Costa. Servia de assunto possível nos dias em que, depois da janta, Sousa Costa queimava o charuto no hol, como que tradicionalmente revivendo a cerimônia tupi. Depois se escovava, pigarreando circunspecto. Vinha dar o beijo na mulher.

– Adeus papai!

– Até logo.

– Até logo papai!

– Boa noite.

Dona Laura ficava ali, mazonza, numa quebreira gostosa, quase deitada na poltrona de vime, balanceando manso uma perna sobre a outra. Isso quando não tinham frisa, segundas e quintas no Cine República. Folheava o jornal. Os olhos dela, descendo pela coluna termométrica dos falecimentos e natalícios, vinham descansar no clima temperado do folhetim. Às vezes ela acordava um romance da biblioteca morta, mas os livros têm tantas páginas... Folhetim a gente acaba sem sentir, nem cansa a vista. Como Fräulein lê!... As crianças foram dormir. Vida para. Os estralos espaçados dos vimes assombram o cochilar de dona Laura.

Qual! Fräulein não podia se sentir a gosto com aquela gente! Podia porque era bem alemã. Tinha esse poder de adaptação exterior dos alemães, que é mesmo a maior razão do progresso deles.

No filho da Alemanha tem dois seres: o alemão propriamente dito, homem-do-sonho; e o homem-da-vida, espécie prática do homem-do-mundo que Sócrates se dizia.

O alemão propriamente dito é o cujo que sonha, trapalhão, obscuro, nostalgicamente filósofo, religioso, idealista incorrigível, muito sério, agarrado com a pátria, com a família, sincero e 120 quilos. Vestindo o tal, aparece outro sujeito, homem-da-vida, fortemente visível, esperto, hábil e europeiamente bonitão. Em princípio se pode dizer que é matéria sem forma, dútil H_2O se amoldando a todas as quartinhas. Não tem nenhuma hipocrisia nisso, nem máscara. Se adapta o homem-da-vida, faz muito bem. Eu se pudesse fazia o mesmo, e você, leitor. Porém o homem-do--sonho permanece intacto. Nas horas silenciosas da contemplação, se escuta o suspiro dele, gemido espiritual um pouco doce por demais, que escapa dentre as molas flexíveis do homem-da-vida, que nem o queixume dum deus paciente encarcerado.

O homem-da-vida é que a gente vê. Ele criou no negócio dele artigo tão bom como o do inglês. Cobra caro. Mas não vê que um comprador saiu com as mãos abanando por causa do preço. Adapta-se o homem-da-vida. No dia seguinte o freguês encontra artigo quase igual ao outro, com o mesmo aspecto faceiro e de preço alcançável. Sai com os bolsos vazios e as mãos cheias. O anglo da fábrica vizinha, ali mesmo, só atravessar um estirão de água zangada, não vendeu o artigo dele. Não vendeu nem venderá. E continuará sempre fazendo-o muito bom.

Eu admirava mais o inglês se só este conseguisse manipular a mercadoria excelente, porém o alemão homem-da-vida também melhora as coisas até a excelência. Apenas carece que alguém vá na frente primeiro. Isso o próprio Walter de Rathenau observou, grande homem!... Homem-do-sonho. Os outros que inventem. O alemão pega na descoberta da gente e a desenvolve e melhora. E a piora também, estabelecendo uma tabela de preços a que podem abordar bolsas de todos os calados. Daí, aos poucos, todo o mundo ir preferindo o comerciante alemão.

Os países de exportação industrial viam o fenômeno, de cara feia. O homem-da-vida observava a raiva da vizinhança... E se lá nas trevas interiores, onde se reúnem as assombrações familiares, o homem-do-sonho também cantava o seu "Home, sweet home" que a nenhuma raça pertence e é desejo universal, o homem-da-vida se adaptava ainda. Construía canhões pelas mãos brandas duma viúva. Armazenava gases asfixiantes, afiava lamparinas pra cortar futuramente os imaginários bracinhos de quanto Haensel e quanta Gretel imaginários e franceses produz o susto razoável de Chantecler. Bárbaro tedesco, infra terno germano infraterno!

Aceitemos mesmo que engordasse a idéia multissecular, universal e secreta, da posse do mundo... Não culpe-se por ela o homem-do-sonho. O da-vida é que se observando vitorioso no mundo concluía que era muito justo lhe caber a posse do tal. Quem que errou forte e incorrigivelmente? Só Bismarck. Alguém chamou esse homem de "último Nibelungo"... Nibelungo, não tem dúvida. Conseguiu Alsácia, ouro do Reno, pela renúncia do amor.

Enquanto isso todos os países da terra, abraçados, se amavam numa promíscua rede comum, não é? Estávamos no primeiro decênio deste século que deu no vinte. Todos os abraçados perdiam terreno. O homem-da-vida ganhava-o. Por adaptação? É. *Será? Vejo Serajevo apenas como bandeira.* Nas pregas dela brisam invisíveis as ambições comerciais. Pum! Taratá! Clarins gritando, baionetas cintilando, desvairado matar, hecatombes, trincheiras, pestes, cemitérios... Soldados desconhecidos. A culpa era do homem-da-vida, não é? Porém a guerra foi inventada pelos proprietários das fábricas vizinhas, isso não tem que guerê nem pipoca! Não foi.

Culpa de um, culpa de outro, tornaram a vida insuportável na Alemanha. Mesmo antes de 14 a existência arrastava difícil lá, Fräulein se adaptou. Veio pro Brasil, Rio de Janeiro. Depois Curitiba onde não teve o que fazer. Rio de Janeiro. São Paulo. Agora tinha que viver com os Sousa Costas. Se adaptou. – ...der Vater... die Mutter... Wie geht es ihnen?... A pátria em alemão é neutro: das Vaterland. *Será! Vejo Serajevo apenas como bandeira. Nas pregas dela brisam...* etc.

(Aqui o leitor recomeça a ler este fim de capítulo do lugar em que a frase do etc. principia. E assim continuará repetindo o cânone infinito até que se convença do que afirmo. Se não se convencer, ao menos convenha comigo que todos esses europeus foram uns grandessíssimos canalhões.)

– Minhas filhas já falam o alemão muito direitinho. Ontem entrei na Lirial com Maria Luísa... pois imagine que ela falou em alemão com a caixeirinha! Achei uma graça nela!... Fräulein é muito instruída, lê tanto! Gosta muito de Wagner, você foi no *Tristão e Isolda*? que coisa linda. Gostei muito. Também: quatrocentos mil réis por mês!

E continuava falando que Felisberto não se importava de gastar, contanto que os meninos aprendessem, etc.

De repente Carlos começou a estudar o alemão. Em 15 dias fez um progresso danado. Quis propor mesmo um aumento nas horas de estudo, porém, não sabendo bem por quê, não propôs. Lhe interessava tudo o que era alemão, comprava revistas de Munique. Andava com elas na rua e depois vinha depressa entregá-las a Fräulein. Soube de cor a população da Alemanha, aspecto geral e clima. Até longitude e latitude, que não sabia bem o que eram. A potamografia alemã lhe era familiar, ah! os castelos do Reno... viver lá!... Seguia com interesse a ocupação da Alemanha pelos franceses. Aplaudia o procedimento da Inglaterra, país às direitas. Um dia afirmou no jantar que Goethe era muito maior que Camões, maior gênio de todos os tempos!

Tivera nesse dia uma cançãozinha de Goethe pra traduzir, história dum pastor que vivia no alto das montanhas. Se entusiasmara, lindíssimo! Decorava-a.

E falou pro pai que estava com vontade de aprender piano também.

Sousa Costa não dava atenção. Corresse o caso bem depressa! desejava. De quando em quando lhe roncavam azedos na ideia uns borborigmos de arrependimento.

Fräulein é que percebeu muito bem a mudança do rapaz, finalmente! Carecia agora se reter um pouco, mesmo voltar pra trás. Avançara por demais porque ele tardava. Devia guardar-se outra vez. As coisas principiam pelo princípio.

– Bom dia, Fräulein!

– Bom dia, Carlos.

– Wie geht's Ihnen?

– Danke, gut.[2]

– Fräulein! vamos passear no jardim com as crianças!

– Não posso, Carlos. Estou ocupada.

– Ora, vamos! Maria Luísa também vai, ela precisa! Aldinha! Laurita! vamos passear no jardim com Fräulein!

– Vamos! Vamos! as crianças apareceram correndo.

– Vamos hein!...

– Carlos, eu já disse que não posso. Vá você.

Levar as crianças no jardim... ora essa! ele não era ama-seca! Mas foi.

É coisa que se ensine o amor? Creio que não. Pode ser que sim. Fräulein tinha um método bem dela. O deus paciente o construíra, talqual os prisioneiros fazem essas catitas cestinhas cheias de flores e de frutas coloridas. Tudo de miolo de pão, tão mimoso!

2. Nota do Autor:

– Como vai?

– Bem, obrigada.

O amor deve nascer de correspondências, de excelências interiores. Espirituais, pensava. Os dois se sentem bem juntos. A vida se aproxima. Repartem-na, pois quatro ombros podem mais que dois. A gente deve trabalhar... os quatro ombros trabalham igualmente. Deve-se ter filhos... Os quatro ombros carregam os filhos, quantos a fecundidade quiser, assim cresce a Alemanha. De noite uma ópera de Wagner. Brahms. Brahms é grande. Que profundeza, seriedade. Há concertos de órgão também. E a gente pode cantar em coro... Os quatro ombros frequentam a Sociedade Coral. Têm boa voz e cantam. Solistas? Só cantam em coro. Gesellschaft. Porém isso é pra alemães, e pros outros? Sim: quase o mesmo... Apenas um pouco mais de verdade prática e menos Wagner. E o serviço dela entende só da formação dos homens. O homem tem de ser apegado ao lar. Dirige o sossego do lar. Manda. Porém sem domínio. Provê. É certo que a mulher o ajudará. O ajudará muito, dando algumas lições de línguas, servindo de acompanhadora pra ensaios na Panzschule, fazendo a comida, preparando doces, regando as flores, pastoreando os gansos alvos no prado, enfeitando os lindos cabelos com margaridinhas...

Fräulein engole quase um remorso porque se apanha a divagar. Queixumes do deus encarcerado. O homem-da-vida quer apagar tantas nuvens e afirma ríspido que não trata-se de nada disso: a profissão dela se resume a ensinar primeiros passos, a abrir olhos, de modo a prevenir os inexperientes da cilada das mãos rapaces. E evitar as doenças, que tanto infelicitam o casal futuro. Profilaxia. Aqui o homem-do-sonho corcoveia, se revolta contra a aspereza do bom senso e berra: Profilaxia, não! Mas porém deverá parolar, quando mais chegadinho o convívio, sobre essas "meretrizes" que chupam o sangue do corpo sadio. O sangue deve ser puro.

Vejam por exemplo a Alemanha, quedê raça mais forte? Nenhuma. E justamente porque mais forte e indestrutível neles o conceito da família. Os filhos nascem robustos. As mulheres são grandes e claras. São fecundas. O nobre destino do homem é se conservar sadio e procurar esposa prodigiosamente sadia. De raça superior, como ela, Fräulein. Os negros são de raça inferior. Os índios também. Os portugueses também.

Mas esta última verdade Fräulein não fala aos alunos. Foi decreto lido a vez em que um trabalho de Reimer lhe passou pelas mãos: afirmava a inferioridade dos latinos. Legítima verdade, pois quem é Reimer? Reimer é um grande sábio alemão. Os portugueses fazem parte duma raça inferior. E então os brasileiros misturados? Também isso Fräulein não podia falar. Por adaptação. Só quando entre amigos de segredo, e alemães. Porém os índios, os negros, quem negará sejam raças inferiores?

Como é belo o destino do casal superior. Sossego e trabalho. Os quatro ombros trabalham sossegadamente, ela no lar, o marido fora do lar. Pela boca-da-noite ele chega da cidade escura... Vai botar os livros na escrivaninha... Depois vem lhe dar o beijo na testa... Beijo calmo... Beijo preceptivo... Todo de preto, com o alfinete de ouro na gravata. Nariz longo, quase diáfano, bem raçado... Todo ele é claro, transparente... Tossiria, arranjando os óculos sem aro... Tossia sempre... E a mancha irregular do sangue nas maçãs... Jantariam quase sem dizer nada... Como passara?... Assim, e ele?... Talvez mais três meses e termina o segundo volume de *O apelo da Natureza na poesia dos Minnesänger*... Lhe davam o lugar na Universidade... A janta acabava... Ele atirava-se ao estudo... Ela arranja de novo a toalha sobre a mesa... Temos concerto da Filarmônica amanhã. Diga o programa. *Abertura* de Spohr, a *Pastoral* de Beethoven, Strauss, *Hino ao Sol* de Mascagni e Wagner. A *Pastoral*? A *Pastoral*. Que bom. E de Wagner? *Siegfried-Idill* e *Götterdämmerung*. *Siegfried-Idill*? *Siegfried-Idill*. Ah! podiam dar a *Heroica*... Já ouvimos cinco vezes a *Pastoral*, este ano... podiam levar a *Heroica*... Mas a *Heroica*... Napoleão... Em todo caso a gente não pode negar: Napoleão foi um grande general... Morreu preso em Santa Helena.

Aqui Fräulein repara que aos poucos o homem-do-sonho se substituíra de novo ao homem-da-vida. É porque este aparece unicamente quando trata-se de viver mover agir. O outro é interior, eu já falei. Ora, pois o pensamento é interior, nem sequer é volição, que participa já do ato. O homem-da-vida age, não pensa. Fräulein está pensando. Nem o homem-da-vida, propriamente, lhe disse que ela ensina apenas os primeiros passos do amor, dá a entender isso apenas, pela maneira com que obstinada e mudamente se comporta. Franqueza: o que pratica é isso e apenas isso.

Porém vão falar a um alemão que ele traz consigo tal homem-da-vida... Energicamente negará, nunca morou nesta casa. E com razão. Reconhece o homem-do-sonho porque este pensa e sonha. Ora de verdadeiro, pro idealista, só o que é metafísico. As matérias são mudas, as almas pensam e falam. Tratando-se pois de amor-tese, teoria do amor, amorologia, é o prisioneiro paciente quem amassa o miolo de pão, esculpe e colore cestinhas lindas, pra enfeite do apartamento arranjado e limpo que Fräulein tem no pensamento.

A consciência, porém, que não é nem da vida nem do sonho e a Deus pertence, lhe mostra como atuou o homem-da-vida. Unicamente ensinou primeiros passos, abriu olhos. Foi prático. Foi excelente. Porém pra Fräulein tal virtude não basta, e a consequência é um remorso. Porém remorsico vago, muito esgarçado. E ela continuará divagando, divagando, açucaradamente divagando em seu pequeno pensamento. Assim enfeita os gestos do homem-da-vida com o sonho sério severo e simples, pra usar unicamente esses. E sonoro. *Wiegenlied*, de Max Reger, opus 76.

Langsam.[3]

3. Nota do Autor: Lento. (Aqui o termo vem tomado como indicação de movimento musical.)

...O quartinho é escuro. Maria embala no bercinho pobre o filho recém-nascido. Janelas abertas, dando para a grande noite azulada, facilmente mística. Nascem do chão, saem pelas janelas as duas colunas inclinadas do luar. Verão. Silêncio. Murmúrio embaixo, longe, das águas sagradas do Reno. Respira-se possante, fecundo, imortal, o aroma do ventre de Erda. A canção é para criancinhas. E, como na cisma tudo é mistura e associação, à melodia de Reger vem continuar o *Lied*, de Körner:

> "Geht zur Ruh!
> Schlisst die müden Augen zu!
> Stille wird es auf den Strassen
> Nur den Wächter hört man blasen,
> Und die Nacht ruft allen zu:
> Geht zur Ruh!..." [4]

A canção não é pra criancinhas? É. Soa severa, honesta, popular... A consciência de Fräulein adormece.

É coisa que se ensine o amor? Creio que não. Ela crê que sim. Por isso não foi no jardim, deve se guardar. Quer mostrar que o dever supera os prazeres da carne, supera. Carlos desfolha uma rosa. Sob as glicínias da pérgola braceja de tal jeito que o chão todo se pontilha de lilá.

4. Nota do Autor:
"Ide dormir!
Fechai os olhos cansados!
Nas ruas silenciosas
Só se ouve o apito do guarda,
E a noite a todos adverte:

– Ih! vou contar pra mamãe que você está estragando as plantas!

– Não me amole!

– Amolo, pronto! Mamãe! Mamãe! Me largue! Feio! Mamãe!

– Me dá um beijo!

– Não dou!

– Dá!

– Mamãe! olhe Car-los! ai...!

Aldinha aos berros pela casa.

Ele não fez por mal, quis beijar e machucou. Aldinha chora. A culpa é de quem? De Carlos.

Carlos é um menino mau.

Fräulein fazia Maria Luísa estudar no piano pequenos Lieder populares dum livro em quarto com figuras coloridas. Lhe dava também pecinhas de Schubert e alegros de Haydn. Pra divertir, fez ela decorar uma transcrição fácil da "Canção da estrela", do *Tannhäuser*. As crianças já cantavam em uníssono o *Tannenbaum* e um cantar-de-estrada mais recente, que pretendia ser alegre mas era pândego. Fräulein fazia a segunda voz. E falava sempre que não deviam cantar maxixes nem foxtrotes. Não entendia aquele sarapintado abuso da sincopa. *Auf Flügeln des Gesanges*[5]... Ritmo embalador e casto. O samba lhe dava uns arrepios de espinha e uma alegria... musical? Desprezível. Só Wagner soubera usar a sincopa no noturno do Tristão.

Ide dormir!

(Tradução de Manuel Bandeira)

5. Nota do Autor: *Nas asas do canto*, canção conhecidíssima, bastante melosa, de Mendelssohn.

Carlos também cantava o *Tannenbaum* mas desafinava. Não tinha voz nenhuma. Porém descobrira o perfume das rosas. Perfume sutil e fugitivo, ôh! a boniteza das vistas!... Às vezes se surpreendia parado diante das sombras misteriosas. As tardes, o lento cair das tardes... Tristes. Surgia nele esse gosto de andar escoteiro, cismando. Cismando em quê? Cismando, sem mais nada. Devia de ter felicidades quentes além... Estava pertinho do suspiro, sem alegria nem tristeza, suspiro, no silêncio amigo do luar.

– Mamãe! olhe Carlos!

Fräulein tinha poucas relações na colônia, achava-a muito interesseira e inquieta. Sem elevação. Preferia ficar em casa nos dias de folga, relendo Schiller, canções e poemas de Goethe. Porém com as duas ou três professoras a que mais se ligava pela amizade da instrução igual, discutia *Fausto* e *Werther*. Não gostava muito desses livros, embora tivesse a certeza que eram obras-primas.

Também com essas amigas, alguns camaradas, um pintor, professores, saía nalgum domingo raro em piqueniques pelo campo. Às vezes também o grupo se reunia na casa de Fräulein Kothen, professora de piano, línguas e bordados. Depois do café embaçado com um pingo arisco de leite, a conversa mudava de alegria. Todos sinceros. E de Wagner, de Brahms, de Beethoven se falava.

Uma frase sobre Mahler associava à conversa a ideia de política e dos destinos do povo alemão, o tom baixava. O mistério penoso das inquietações baritonava aquelas almas, inchadas de amor pela grande Alemanha. Frases curtas. Elipses. Queimava cada lábio, saboroso, um gosto de conspiração. Que conspiram eles? Sossegue, brasileiro, por enquanto não conspiram nada. Mas a França... Tanta parolagem bombástica, Humanidade, Liberdade, Justiça... não sei que mais! e estraçalhar um povo assim... lhe dar morte lenta... Por que não matara duma vez, quando pediu armistício o invencido povo do Reno?... die Fluten des Rheines.

Schützen uns zwar, doch ach! was sind nun Fluten und Berge...

Jenen schrecklichen Volke, das wie ein Gewitter daherzieht!...[6]

Versos de Goethe não faltam na ocasião, fremiam de amor. Não conspiravam nada. Desconversava um pouco a sociedade, porém um pouco só, porque alimentava aqueles exilados a confiança do futuro. Por isso criticavam com justeza a figura do Kaiser. Todos republicanos. Porque a Alemanha era republicana. Mas ao concordarem que o Kaiser devia ter morrido, não é que ecoa na voz deles, insopitável, quase soluçante, o pesar por aquele rei amado, rei tão grande, morto em vida e de morte chué!

– Devia morrer!...

– Devia morrer.

Esconde as lágrimas, Fräulein. É verdade que são duas apenas. Os olhos vibram já de veneração e entusiasmo sem crítica: alguém no silêncio fala da vida e obras de Bismarck. Frau Benn trouxe a cítara. Pois cantemos em coro as canções da velha Alemanha. Vibra a sala. O acorde admirável sobe lentamente, se transforma pesadamente, cresce, cresce, morre aos poucos no pianíssimo grave, cheio de unção.

Os homens cantavam melhor que as mulheres.

6. Nota do Autor:

...As ondas do Reno

Nos protegem, é certo, mas ah! de que valem agora ondas e montanhas

Para esse povo terrível que avança feito tempestade!...

Levara as meninas à missa. Ao voltar, por desfastio dominical, perturbara o sono egípcio da biblioteca de Sousa Costa, e viera pro jardim sob a pérgola, entender aplicadamente uma elegia de Camões. O sol de dezembro escaldava as sombras curtas. No vestido alvíssimo vinham latejar as frutinhas da luz. O rosal estalava duro, gotejando no ar um cheiro pesado que arrastava.

Carlos descera do bonde e entrava no jardim, vinha do clube. Fräulein viu ele chegar como sem ver, escondida na leitura. Ele hesitou. Enveredou pra pérgola.

– Bom dia, Fräulein!

– Bom dia, Carlos. Nadou muito?

– Assim.

Agora sorria com esse sorriso enjeitado dos que não agem claro e... procedendo mal? por quê! Passara a perna esquerda sobre a mesa branca, semi-sentado. Balançava-a num ritmo quase irregular. Quase. E olhava sobre a mesa uma folha perdida com que a mão brincava. Os desapontados se deixam olhar, Fräulein examinou Carlos.

Essa foi, sem que para isso tivesse uma razão mais forte, a imagem dele que conservaria nítida por toda a vida. O rapazinho derrubara o braço desocupado sobre a perna direita retesa. Assim, ao passo que um lado do corpo, rijo, quase reto, dizia a virilidade guapa duma força crescente ainda, o outro, apoiado na mesa, descansando quebrado em curvas de braço e joelho, tinha uma graça e doçura mesmo femínea, jovialidade!

De repente entregou os olhos à moça. Trouxe-os de novo para a brincadeira da folha e da mão. Fräulein sabia apreciar tanta meninice pura e tão sadia. Felizes ambos nessa intimidade.

– Vou trocar de roupa!

Na verdade ele fugia. Não tinha ainda a ciência de prolongar as venturas, talvez nem soubesse que estava feliz. Fräulein sorriu pra ele, inclinando de leve a cabeça bruna manchada de sol. Carlos se afastou com passo marinheiro, balançando, bem apoiado no chão. A cabeça bem plantada na touceira do suéter. Entrou na casa sem olhar pra trás.

Mas Fräulein o enxerga por muito tempo ainda, se afastando. Vitorioso, sereno. Como um jovem Siegfried.

Depois do almoço as crianças foram na matinê do Royal. Estou falando brasileiro. Fräulein acompanhou-as. Carlos acompanhou. Acompanhou quem?

– É! Você nunca vinha na matinê e agora vem só pra amolar os outros! Vá pro seu futebol que é melhor! Ninguém carece da sua companhia...

– Que tem, Maria, eu ir também!

– Olhe o automóvel como está! Machuca todo o vestido da gente!

Com efeito o automóvel alugado é pequeno pra cinço pessoas, se apertaram um pouco. E como são juntinhas as cadeiras do Royal!

Carlos não repara que tem entreatos nos quais os rapazotes saem queimar o cigarro, engolir o refresco. Se ele não fuma... Mas não tem rapazote que não goste de passar em revista as meninotas. Carlos não fuma. Se deixa ficar bem sentadinho, pouco mexe. Olha sempre pra diante fixo. Vermelho. Distraído. Isso: quebrado pelos calores de dezembro, nada mais razoável. O espantoso é perceber que ela derrubou o programa, ergue-o com servilidade possante.

– Está gostando, Fräulein?

Ao gesto de calor que ela apenas esboça, faz questão de guardar sobre os joelhos o jérsei verde. Tudo com masculina proteção. Isso a derreia. Como está quente! O certo é que o corpo dela ultrapassa as bordas da cadeira, todo o mundo se queixa das cadeiras do Royal. Há, talvez me engane, um contato. Dura pouco? Dura muito? Dura toda a matinê, vida feliz foge tão rápida!... Principalmente quando a gente acompanha uma senhora e três meninas. De repente Carlos quase abraça Fräulein, debruçando pra ver se do outro lado dela as irmãzinhas, portem-se bem, hein!... Compra balas. Ajuda as meninas a descer do automóvel na volta, e tão depressa que ainda paga o motorista antes de Fräulein, eu que pago! Subindo a escada, por que arroubos de ternura não sei, abraça de repente Maria Luísa, lhe afunda uns lábios sem beijo nos cabelos.

– Ai, Carlos! Não faça assim! Você me machuca!

Desta vez ele não machucou. Machucou sim. Porém nas epidermes da vaidade, que Maria Luísa se pensa mocinha e se quer tratada com distinção.

Porém o menino já está longe e agora havemos de segui-lo até o fim, entrou no quarto. Mais se deixou cair, sem escolha, numa cadeira qualquer, a boca movendo numa expressão de angústia divina. Quereria sorrir... Quereria, quem sabe? um pouco de pranto, o pranto abandonado faz vários anos, talvez agora lhe fizesse bem... Nada disso. O romancista é que está complicando o estado de alma do rapaz. Carlos apenas assunta sem ver o quadrado vazio do céu. Uma final sublime, estranha sensação... Que avança, aumenta... Sorri bobo no ar. Pra não estar mais assim esfregando lentamente, fortemente, as palmas das mãos uma na outra, aperta os braços entre as pernas encolhidas, musculosas. Não pode mais, faltou-lhe o ar. Todo o corpo se retesou numa explosão e pensou que morria. Pra se salvar murmura:

– Fräulein!

Baixam rápidos do Empíreo os anjos do Senhor, asas, muitas asas. Tatalam produzindo brisa fria que refrigera as carnes exasperadas do menino. As massagens das mãos angélicas pouco a pouco lhe relaxam os músculos espetados, Carlos se larga todo em beata prostração. Os anjos roçam pela epiderme dele esponjas celestiais. Essas esponjas apagam tudo, sensações estranhas, ardências e mesmo qualquer prova de delito. Na alma e no corpo. Ele não fez por mal! são coisas que acontecem. Porém, apesar de sozinho, Carlos encafifou.

Acham muita graça nisso os anjos, lhe passando nos olhos aquela pomada que deixa seres e vida tal e qual a gente quer.

São Rafael nos céus escreve:

nº 9 877 524 953 407:
Carlos Alberto Sousa Costa.
Nacionalidade: *Brasileiro.*
Estado social: *Solteiro.*
Idade: *Quinze* (15) *anos.*
Profissão: (*um tracinho*).
Intenções: (*um tracinho*).
Observações extraordinárias: (*um tracinho*).
"REGISTRO DO AMOR SINCERO".

Outro dia Fräulein voltou duma dessas reuniões na casa da amiga, com um maço de revistas e alguns livros. Um médico recém-chegado da Alemanha e convicto de Expressionismo lhe emprestara uma coleção de *Der Sturm* e obras de Schikele, Franz Werfel e Casimiro Edschmid.

Fräulein quase nada sabia do Expressionismo nem de modernistas. Lia Goethe, sempre Schiller e os poemas de Wagner. Principalmente. Lia também bastante Shakespeare traduzido. Heine. Porém Heine caçoara da Alemanha, lhe desagradava que nem Schopenhauer, só as canções. Preferia Nietzsche, mas um pouquinho só, era maluco, diziam. Em todo caso Fräulein acreditava em Nietzsche. Dos franceses, admitia Racine e Romain Rolland. Lidos no original.

Seguiu página por página livros e revistas ignorados. Compreendeu e aceitou o Expressionismo, que nem alemão medíocre aceita primeiro e depois compreende. O que existe deve ser tomado a sério. Porque existe. Aquela procissão de imagens afastadíssimas, e contínuo adejar por alturas filosóficas metafísicas, aquela eterna grandiloquência sentimental... E a síntese, a palavra solta desvirtuando o arrastar natural da linguagem... De repente a mancha realista, ver um bombo pam! de chofre... Eram assim. Leu tudo. E voltou ao seu Goethe e sempre Schiller.

Se lhe dessem nova coleção de algum mensário inovador, mais livros, leria tudo página por página. Aceitaria tudo. Compreenderia tudo? Aceitaria tudo. Para voltar de novo a Goethe. E sempre Schiller.

O caso evolucionava com rapidez. Muita rapidez, pensava Fräulein. Mas Carlos era ardido, tinha pressa. Por outra: não é que tivesse pressa exatamente, porém não sabia somar.

A aritmética nunca foi propícia aos brasileiros. Nós não somamos coisa nenhuma. Das quatro operações, unicamente uma nos atrai, a multiplicação, justo a que mais raro frequenta os sucessos deste mundo vagarento.

De resto, nós já sabemos que Carlos estragava tudo. Castigos da multiplicação. Ele compreendeu enfim, devido àquele fato lamentável apagado pela esponja dos arcanjos, que gostava mesmo de Fräulein. Principiou não querendo mais sair de casa. De primeiro era o dia inteirinho na rua, futebol, lições de inglês, de geografia, de não-sei-que-mais e natação, tarde com os camaradas e inda por cima, depois da janta, cinema. Agora? Vive na saia de Fräulein. Sempre desapontado, que dúvida! mas porém na saia de Fräulein. Sorri aquele sorriso enjeitado, geralmente de olhos baixos, cheio de mãos. De repente fixa a moça na cara destemido pedindo. Pedindo o quê? Vencendo. Fräulein se irrita: sem-vergonha!

Mas na verdade Carlos nem sabia bem o que queria. Fräulein é que sentia-se quebrar. Tinha angústias desnecessárias, calores, fraqueza. Em vão o homem-do-sonho trabalhava teses e teorias. Em vão o homem-da-vida pedia vagares e método, que estas coisas devem seguir normalmente até o cume do Itatiaia.

– Fräulein, largue disso! Venha tocar um pouco pra mim!...

Voz queixosa. Voz cantante. Voz molenga.

– Não posso, Carlos. Preciso pregar estes botões.

– Ora venha!... Você ensina piano pra mim, ensina?

– Carlos, não me incomode.

– Então me ensine a pregar botões, vá!... me dá a agulha...

– Você me perturba, menino!

– Perturba!... (risinho) Ora, Fräulein! perturba no quê! Imagine! estou perturbando Fräulein! (baixinho churriando) toca sim?... deixa de enjoamento!...

– Você é impossível, Carlos.

Ia pro piano. Folheava os cadernos sonoros. Atacava, suponhamos, a op. 81 ou os *Episoden*, de Max Reger. Tocava aplicadamente, não errava nota. Não mudava uma só indicação dinâmica. Porém fazia melhor o diminuendo que o crescendo...

Carlos muito atento, debruçado sobre o piano. Na verdade ele não escutava nada, todo olhos para a pianista, esperando o aceno dela pra virar a página. Pouco a pouco – não ouvia mas a música penetrava nele – pouco a pouco sentia pazes imberbes. Os anseios adquiriam perspectivas. Nasciam espaço, distâncias, planos, calmas... Placidez.

Fräulein para e volta pra costura. Carlos solitariamente macambúzio, sem pensar em nada, se afasta. Jardim. Passeia as mãos amputadas pelas folhagens e flores. Agora não estraga mais nada. Considera o céu liso. Não está cansado. Incapaz de fazer coisa alguma. Maria Luísa passa, ele estira a perna. Movimento reflexo e pura memória muscular. Maria Luísa se viu obrigada a pular.

– Conto pra mamãe, bruto!... Vá bulir com Fräulein!

Ele apenas sorri, na indiferença. Não quer agir, não sente o gosto de viver. Fosse noutro momento, Maria Luísa não saía dali sem chorar. Porém Carlos agora como que apenas se deixa existir. Existirá?

Aquilo dura tempo, bastante tempo.

Há todo um estudo comparativo a fazer entre a naftalina Max Reger e os brometos em geral.

Agora qualquer passagem mais pequena pro ditado. Estavam mais silenciosos que nunca. Prolongavam as lições e, pelas partes em que estas se dividiam, observavam machucados a aproximação do fim. No entanto eram horas de angústia aquelas! Em trinta dias partira esse bom tempinho de amor nascente, no qual as almas ainda não se utilizam do corpo. Porque nada sabem ainda. Os dois? Ponhamos os dois. Fräulein notava que desta feita era diferente. E quando a lição acabava, saindo da biblioteca, surpreendia os dois aquela como consciência de libertação, arre! mas se fosse possível renovariam a angústia imediatamente, era tão bom!

Fräulein folheou o livro. A página cantou uns versos de Heine. Servia.

– Esta.

Carlos voz grave, quase lassa murmurou:

> "Du schönes Fischermädchen
> Treibe den Kahn ans Land;
> Komm zu mir und setze dich nieder,
> Wir kosen, Hand in Hand.
>
> "Leg'an mein Herz dein Köpfchen
> Und furcht dich nicht so sehr;

Vertraust du dich doch sorglos
Taglich dem wìlden Meer!
"Mein Herz gleicht ganz dem Meere,
Hat Sturm und Ebb und Flut,
Und manche schöne Perle
In seiner Tiefe ruht."[7]

– Entendeu, Carlos?

Ela repetia sempre "Carlos", era a sensualidade dela. Talvez de todos... Se você ama, ou por outra se já deseja no amor, pronuncie baixinho o nome desejado. Veja como ele se moja em formas transmissoras do encosto que enlanguesce. Esse ou essa que você ama se torna assim maior, mais poderoso. E se apodera de você. Homens, mulheres, fortes, fracos... Se apodera.

E pronunciado, assim como ela faz, em frente do outro, sai e se encosta no dono, é beijo. Por isso ela repete sempre, como de-já-hoje, inutilmente:

– Entendeu, Carlos?

E ele jogando um dos tais risinhos alastrados com que desaponta sempre:

– Quase! mas adivinhei!

Eis aí uma das coisas com que Fräulein não se dava bem. Pra ela era preciso entender sempre o significado das palavras, senão não compreendia mesmo. Estes brasileiros?!... Uma preguiça de estudar!... Qual de vocês seria capaz de decorar, que nem eu, página por página, o dicionário de Michaelis pra vir para o Brasil? não vê! Porém quando careciam de saber, sabiam. Adivinhavam. Olhe agora: Que podia Carlos entender, se ignorava o sentido de muitas daquelas palavras? Ríspida:

– Então diga o que é.

7. Nota do Autor e da Edição: Vide nota no final do livro.

O menino, meio enfiado, vai vivendo:

É que eles ficaram sentados na praia, de mãos dadas muito juntinhos. Depois ele deitou a cabeça no ombro dela. (Carlos abaixava a dele e já não ria.) Depois... (lhe deu aquela vergonha de saber o que não sabia. Ficou muito azaranzado.) A segunda estrofe não entendo nada. Vertraust... quê que é vertraust!... Mas depois o coração deles principiou fazendo que nem o mar...

– Deles não, Carlos. Dele só.

– Deles! Ganz: todos! Aqui quer dizer dos dois, dela também!

– Você está adivinhando, Carlos! Mein Herz, o coração dele parecia com o mar. Ganz gleicht: parecia, era como, tal e qual.

– Hmm...

Desconsolado. Sensação de pobreza, isolamento...

– Não sei mais!

Ela, muito suave, extasiada:

– Você está falando certo, Carlos! Continue!

– O coração dele estava tal-e-qual o mar... Em tempestade...

E de repente transfigurado, numa confissão de olhos úmidos, arrebatou todos os símbolos murmurando:

– Mas ele tinha muitas péloras no coração!

Queria dizer pérolas porém saiu péloras, o quê que a gente há de fazer com a comoção!

Fräulein ríspida:

– Escreva agora.

Ríspida, porque de outro jeito não se salvava mesmo. Careceria pra abafar o... desejo? desejo, tampar o peito com a cabeça dele. Pampampam... acelerado. Lhe beijar os cabelos, os olhos, os olhos, a testa, muito, muito muito... Sempre! Ficarem assim!... Sempre... Depois ele voltava do trabalho na cidade escura... Depunha os livros na escrivaninha... Ela trazia a janta... Talvez mais três meses, pronto o livro sobre *O apelo da Natureza na obra dos Minnesänger*... Comeriam quase em silêncio...

Carlos também estava escrevendo letras muito alheias. Era uma angústia cada vez mais forte, intolerável já. Como respirar? Pérolas... Pra que pérolas!... que ideia de Heine! A hora ia acabar... As letras se desenhavam mais lentas, sem gosto, prolongando a miséria e a felicidade. A fala de Fräulein, seca, riscava as palavras do ditado em explosões ácidas navalhando a entressombra. Acabava desoladamente:

– ...Tiefe ruht.

Se levantou libertada. Porém no papel surgia em letras infelizes, "tiefe ruth", e deu-se então que Fräulein não pôde mais consigo. Se despejou sobre o menino, com o pretexto de corrigir:

– Vou escrever com a mão de você mesmo, disfarçou.

O rosto se apoiou nos cabelos dele. Os lábios quase que, é natural, sim: tocaram na orelha dele. Tocaram por acaso, questão de posição. Os seios pousaram sobre um ombro largo, musculoso, agora impassível escutando. Chuvarada de ouro sobre a abandonada barca de Dânae... Carlos... êta arroubo interior, medo? vergonha? aterrorizado! indizível doçura... Carlos que nem pedra. Fräulein com a mão dele escreveu em letras palhaças: "Tiefe ruht."

Não tinham mais nada pra se falar, não tinham.

Quando saíram da biblioteca, pela primeira vez, uma desesperada felicidade de acabar com aquilo.

Porém só Carlos desta vez é que não sabia bem direito o que era o "aquilo."

Pancadas na porta de Fräulein. Virou assustada, resguardando o peito. Abotoava a blusa:

– Quem é?

– Sou eu, Fräulein. Queria lhe falar.

Abriu a porta e dona Laura entrou.

– Queria lhe falar. Um pouco...

– Estou às suas ordens, minha senhora.

Esperou. Dona Laura mal respirava muito nervosa, não sabendo principiar.

– É por causa do Carlos...

– Ah... Sente-se.

– Não vê que eu vinha lhe pedir, Fräulein, pra deixar a nossa casa. Acredite: isto me custa muito porque já estava muito acostumada com você e não faço má ideia de si, não pense! mas... Creio que já percebeu o jeito de Carlos... ele é tão criança!... Pelo seu lado, Fräulein, fico inteiramente descansada... Porém esses rapazes... Carlos...

– Já vejo que o senhor seu marido não lhe disse o que vim fazer aqui.

Dona Laura teve uma tontona, escancarou olhos parados:

– Não!

– É lamentável, minha senhora, o procedimento do senhor seu marido, evitaria esta explicação desagradável. Pra mim. Creio que pra senhora também. Mas é melhor chamar o seu marido. Ou quer que desçamos pro hol?

Foram encontrar Sousa Costa na biblioteca. Ele tirou os olhos da carta, ergueu a caneta, vendo elas entrarem.

– O senhor me prometeu contar a sua esposa a razão da minha presença aqui. Lamento profundamente que o não tenha feito, senhor Sousa Costa.

Sousa Costa encafifou, desacochado por se ver colhido em falta. Riscou uma desculpa sem inteligência:

– Queira desculpar, Fräulein. Vivo tão atribulado com os meus negócios! Demais: isso é uma coisa de tão pouca importância!... Laura, Fräulein tem o meu consentimento. Você sabe: hoje esses mocinhos... é tão perigoso! Podem cair nas mãos de alguma exploradora! A cidade... é uma invasão de aventureiras agora! Como nunca teve! COMO NUNCA TEVE, Laura... Depois isso de principiar... é tão perigoso! Você compreende: uma pessoa especial evita muitas coisas. E viciadas! Não é só bebida não! Hoje não tem mulher-da-vida que não seja eterômana, usam morfina... E os moços imitam! Depois as doenças!... Você vive na sua casa, não sabe... é um horror! Em pouco tempo Carlos estava sifilítico e outras coisas horríveis, um perdido! É o que eu te digo, Laura, um perdido! Você compreende... meu dever é salvar o nosso filho... Por isso! Fräulein prepara o rapaz. E evitamos quem sabe? até um desastre!... UM DESASTRE!

Repetia o "desastre" satisfeito por ter chegado ao fim da explicação. Passeava de canto a canto. Assim se fingem as cóleras, e os machos se impõem, enganando a própria vergonha. Dona Laura sentara numa poltrona, maravilhada. Compreendia! Porém não juro que compreendesse tudo não. Aliás isso nem convinha pra que pudesse ceder logo. Fräulein é que estava indignada. Que diabo! atos da vida não é arte expressionista, que pode ser nebulosa ou sintética. Não percebera bem a claridade latina daquela explicação. O método germanicamente dela e didática habilidade no agir não admitiam tal fumarada de palavras desconexas. Aquelas frases sem dicionário nem gramática irritaram-na inda mais. Queria, exigia sujeito verbo e complemento. Só uma coisa julgara perceber naquele ingranzéu, e, engraçado! justamente o que Sousa Costa pensava, mas não tivera a intenção de falar: pagavam só pra que ela se sujeitasse às primeiras fomes amorosas do rapaz.

Este circunlóquio das "fomes amorosas" fica muito bem aqui. Evita o "libido" da nomenclatura psicanalista, antipático, vago, masculino, e de duvidosa compreensão leitoril. As fomes amorosas são muito mais expressivas e não fazem mal pra ninguém. Isto é: vir na casa de Sousa Costa unicamente pra se sujeitar às tais de Carlos, o homem-do-sonho de dentro de Fräulein vê nisso um insulto, dá uns urros e principia chorando. Sem um gesto, bem plantadinha nos pés, com a nobreza que a indignação nunca negou a ninguém, Fräulein discursa:

– Não é bem isso, minha senhora. (Se dirigia a dona Laura, porque o homem-da-vida estava um pouco amedrontado com os modos de Sousa Costa. E também, sejamos francos, isto é, parece... será que conservava uma esperancinha? Aquilo inda podia se arranjar... Homem! ninguém o saberá jamais...) Não é bem isso, minha senhora. Não sou nenhuma sem-vergonha nem interesseira! Estou no exercício duma profissão. E tão nobre como as outras. É certo que o senhor Sousa Costa me tomou pra que viesse ensinar a Carlos o que é o amor e evitar assim muitos perigos, se ele fosse obrigado a aprender lá fora. Mas não estou aqui apenas como quem se vende, isso é uma vergonha!

– Mas Fräulein não tive a intenção de!

– ...que se vende! Não! Se infelizmente não sou mais nenhuma virgem, também não sou... não sou nenhuma perdida.

Lhe inchavam os olhos duas lágrimas de verdade. Não rolavam ainda e já lhe molhavam a fala:

– ...E o amor não é só o que o senhor Sousa Costa pensa. Vim ensinar o amor como deve ser. Isso é que eu pretendo, *pretendia* ensinar pra Carlos. O amor sincero, elevado, cheio de senso prático, sem loucuras. Hoje, minha senhora, isso está se tornando uma necessidade desde que a filosofia invadiu o terreno do amor! Tudo o que há de pessimismo pela sociedade de agora! Estão se animalizando cada vez mais. Pela influência às vezes até indireta de Schopenhauer, de Nietzsche... embora sejam alemães. Amor puro, sincero, união inteligente de duas pessoas, compreensão mútua. E um futuro de paz conseguido pela coragem de aceitar o presente.

Rosto polido por lágrimas saudosas, quem vira Fräulein chorar!...

– ...É isso que eu vim ensinar pra seu filho, minha senhora. Criar um lar sagrado! Onde é que a gente encontra isso agora?

Parou arfando. "Lar sagrado" lhe fizera resplandecer o castanho dos olhos num lumeiro de anseios. Se aproximava da santa sob a figura enérgica da enfermeira. Mas convicção protestante, nobilíssima não discuto, porém sem a latinidade que dá graça e objetiva o calor da beleza sensual. Lembrou, ainda outra vez indignada:

– Foi isso que vim ensinar a seu filho e não: me entregar! Mas vejo que sou tomada por outra mulher aqui. Deixarei a sua casa amanhã mesmo, minha senhora. E penso que não tem mais nada pra me dizer?...

É certo que Fräulein tinha esclarecido muito o que viera fazer na casa deles, porém dona Laura que tinha percebido tudo com a explicação de Felisberto, agora não compreendia mais nada. Afinal: o que era mesmo que Fräulein estava fazendo na casa dela!

Fräulein esperou um segundo. Nada tinham para lhe falar aqueles dois. Cumprimentou e saiu. Subiu pro quarto. Fechou-se. Tirou o casaco. O pensamento forte imobilizou-a. Comprimiu o seio com a mão, ao mesmo tempo que amarfanhava-lhe a cara uma dor vigorosa, incompreendida assim! Mas foi um minuto apenas, dominou-se. Tinha que despir-se. Continuou se despindo. E Carlos?... Minuto apenas. Varreu o carinho. Prendeu com atenção os cabelos. Lavou o rosto. Se deitou. Um momento no escuro, os olhos inda pestanejaram pensativos. Não tinha nada com isso: haviam de lhe pagar os oito contos. Mas agora tinha que dormir, dormiu.

Aquilo de Fräulein falar que "hoje a filosofia invadiu o terreno do amor" e mais duas ou três largadas que escaparam na fala dela, só vai servir pra dizerem que o meu personagem está mal construído e não concorda consigo mesmo. Me defendo já.

Primeiro: Que mentira, meu Deus! dizerem Fräulein, personagem inventado por mim e por mim construído! não construí coisa nenhuma. Um dia Elza me apareceu, era uma quarta-feira, sem que eu a procurasse. Nem invocasse, pois sou incréu de mesas volantes e de médiuns dicazes. Aquelas não valem um tangará. Quanto a médiuns dicazes – adjetivo bonito! - é sabido que escrevem sonetos de Bilac mais piores que um dístico de versejadores de terceira plana. Ora se os vates de segundo grau já são cacetes, se imagine o que não engendra a facúndia sonâmbula dos médiuns e dos espiritistas em geral! Dicazes.

Um dia, era uma quarta-feira, Fräulein apareceu diante de mim e se contou. O que disse aqui está com poucas vírgulas, vernaculização acomodatícia e ortografia. Os personagens, é possível que uma disposição particular e momentânea do meu espírito tenha aceitado as somas por eles apresentadas, essa toda a minha falta. Porém asseguro serem criaturas já feitas e que se moveram sem mim. São os personagens que escolhem os seus autores e não estes que constroem as suas heroínas. Virgulam-nas apenas, pra que os homens possam ter delas conhecimento suficiente.

Segunda e mais forte razão: Afirmarem que Fräulein não concorda consigo mesma... Mas eu só queria saber neste mundo misturado quem concorda consigo mesmo! Somos misturas incompletas, assustadoras incoerências, metades, três-quartos e quando muito nove-décimos. Até afirmo não existir uma só pessoa perfeita, de São Paulo a São Paulo, a gente fazendo toda a volta deste globo, com expressiva justeza adjetivadora, chamado de terráqueo.

Mesmo cientistas já afirmaram isso também. Desde Gley, Chevalier e Fliess se desconfia que de primeiro os seres foram hermafroditas. Antes desses senhores, Darwin estivera escrevendo coisas pros leitores inteligentes do tal de globo terráqueo e desde então se começou falando em seleção e outras espertezas que permitiram este saborosíssimo cisma em seres imperfeitos machos e fêmeas imperfeitas. Que invento admirável o cisma!

Pouco depois da *Origem das espécies*, nasceu na Alemanha uma criancinha. Mamava que nem as outras, berrava sonoramente e trocava os dias pelas noites pra dormir.

Como desse em seguida pra escrever coisas espantosas, os alemães principiaram lhe chamando Herr Professor Freud. Pois não é que essa criancinha inda veio fortificar mais as escrituras de Fliess, de Kraff-Ebbing, sobre a nossa imperfeita bizarria! Afirmou que uma certa porção de hermafroditismo anatômico é ainda normal na gente! Incrível! Incrível e desagradável.

A tanta ciência e tão pouca anatomia, eu prefiro aquela ideia contada pelo padre Pernetty:

"Les femmes ont plus de pituite et les hommes plus de bile... Certains philosophes ne craindraient pas d'afirmer que les femmes ne sont femmes que par un défaut de chaleur." E se quiserem coisa ainda mais grata, é lembrar a fábula discreta contada por Platão no *Banquete*... Porém o que importa são as afirmativas daqueles alemães sapientíssimos, aqui evocados para validar a minha asserção e lhe dar carranca científico-experimental:

NÃO EXISTE MAIS UMA ÚNICA PESSOA INTEIRA NESTE MUNDO E NADA MAIS SOMOS QUE DISCÓRDIA E COMPLICAÇÃO.

O que chama-se vulgarmente personalidade é um complexo e não um completo. Uma personalidade concordante, milagre! Pra criar tais milagres o romance psicológico apareceu. De então, começaram a pulular os figurinos mecânicos. Figurinos, membros, cérebros, fígados de latão, que, por serem de latão, se moveram com a vulgaridade e a gelidez prevista do latão.

Oh! positivistas da fantasia! oh ficções monótonas e resultados já sabidos!... Fräulein é senhorinha modesta e um pouco estúpida. Não é dama nem padre de Bourget. Pois uma vez em defesa própria afirmou: "Hoje a filosofia invadiu o terreno do amor", que surpresa pra nós! Ninguém esperava por isso, não é verdade? Daí uma sensação de discordância, eminentemente realista.

Eu sempre verifiquei que nós todos, os do excelente mundo e os da ficção quando excelente, temos os nossos gestos e ideias geniais... Pois tomemos essa frase de Fräulein por uma ideia genial que ela teve. E tanto assim que produziu uma surpresa nos leitores e outra em Sousa Costa e dona Laura. De tal força que os abateu. Estão, faz quase um minuto, mudos e parados. Sousa Costa olha o chão. Dona Laura olha o teto. Ah! criaturas, criaturas de Deus, quão díspares sois! As Lauras olharão sempre o céu. Os Felisbertos sempre o chão. Alma feminina ascensional... É o macho apegado às imundícies terrenas. Ponhamos imundícies terráqueas.

– Mas Laura você devia ter falado comigo primeiro!

– Mas quando é que eu havia de imaginar!... A culpa foi de você também!

– Ora essa é boa! eu fiz o que devia! E agora ela vai-se embora!

A lembrança de que Fräulein partia lhes deu o sossego desejado. O mal foi dona Laura acentuar:

– E ele é tão criança!

– Tão criança? você não vê como ele está!

Sousa Costa não vira quase nada ou coisa nenhuma, o argumento porém era fortíssimo.

– Pois eu lamento profundamente que Fräulein vá embora, Carlos me preocupa... Está aí o filho do Oliveira! E tantos!... Eu não queria que Carlos se perdesse assim!

Viram imediatamente o menino mais que trêmulo, empalamado, bêbedo e jogador. Rodeavam-no, ponhamos, três amantes. Uma era morfinômana, outra eterômana, outra cocainômana, os dois cônjuges tremendo horrorizados. Carlos desencabeçara duma vez. Nojento e cachorro. E o imenso amor verdadeiro por aquele primogênito adorado cresceu dentro deles estrepitosamente. Dona Laura abaladíssima desafogava as memórias:

– Você não imagina... passa o dia inteiro junto de Fräulein. Dela não me queixo não... se porta muito discretamente. Eu seria incapaz de adivinhar!... As crianças têm progredido muito... Maria Luísa já fala bem o alemão... Pois até elas já perceberam! Você sabe o que são essas crianças de hoje! toda hora mandam Carlos ir bulir com Fräulein!

Sousa Costa gostou da inteligência das filhas.

– É!... Pestinhas!

Depois se assustou. Crianças não devem saber dessas coisas, principalmente meninas. Lembrou remédio decisivo:

– Você proíba elas de falarem isso! ah, também agora Fräulein parte!... Acaba-se com isto!

Suspirou. A ideia de que Fräulein partia lhes deu o desassossego.

– A história é Carlos...

– Eu também tenho medo...

– Laura, as coisas hoje têm de ser assim, a gente não pode mais proceder como no nosso tempo, o mundo está perdido... Olhe: contam tantas desses rapazes... Não se sabe de nenhum que não tenha amante! E vivem nos lupanares! Jogadores! isso então? não tem um que não seja jogador!... Eu também não digo que não se jogue... afinal... Um pouco... de noite... depois do jantar... não faz mal. E quando se tem dinheiro, note-se! E juízo. Essa gente de hoje?!... Depois dão na morfina, é o que acontece! Veja a cor do filho do Oliveira! aquilo é morfina!

– Carlos...

Sousa Costa se extasiando com o discurso:

– Fräulein preparava ele. Depois isso não tem consequência... Quem me indicou Fräulein foi o Mesquita. O Zezé Mesquita, você conhece, ora! aquele um que mudou-se pro Rio o ano passado...

– Sei.

– Se utilizaram dela, creio que pro filho mais velho. E o pior perigo é a amante! São criançolas, levam a sério essas tolices, principiam dando dinheiro por demais... e com isso vêm os vícios! O perigo são os vícios! E as doenças! Por que que esses moços andam todos desmerecidos, moles?... Por causa das amantes! e depois você pensa que Carlos, se não tivesse Fräulein, não aprendia essas coisas da mesma forma? aprendia sim senhora! Se já não aprendeu!... E com quem! Bom! o melhor é não se falar mais nisso, até me dá dor de cabeça. Está acabado e pronto.

Porém agora os dois convencidíssimos de que aquilo não devia acabar assim. Aliás, a convicção se firmara desde que Sousa Costa empregara, por reminiscências românticas, a palavra "lupanar". Eu já falei que toda a gente tem ideias geniais. Careciam de Fräulein. Pra sossego deles, Fräulein devia ficar.

– Quem sabe... você falando com ela... ela ficava...

– Eu acho melhor, Laura. Francamente: acho. Fräulein falava tudo pra ele, abria os olhos dele e ficávamos descansados, ela é tão instruída! Depois pregávamos um bom susto nele. (Se ria.) Ficava curado e avisado. Ao menos eu salvava a minha responsabilidade. Depois não é barato não! tratei Fräulein por oito contos! Sim senhora: oito contos, fora a mensalidade. Naturalmente não barateei. Mais caro que o Caxambu que me custou seis e já deu um lote de novilhas estupendas. Mas isso não tem importância, o importante é o nosso descanso.

Pausa.

– Você proíba as crianças de falarem mais nisso...

– Pois é. Talvez ela fique... Você fala com ela amanhã...

Se ergueram. Entraram no hol. Mas aquilo continuar... Era bem melhor que Fräulein partisse. E depois, ora! ele que se arrume! boa educação tivera, exemplos bons em casa... E o mundo não era tão feio como parecia. Nem Carlos nenhum arara... E as crianças já tinham percebido... que espertas!

Avançavam no peso do ambiente. Dona Laura estava pensando também assim mais ou menos. Apesar disso, largou mais uma vez, arrependida já do que falava:

– Amanhã você fala com ela... Talvez ela resolva ficar...

Mas Sousa Costa já não estava mais querendo que Fräulein ficasse e teve um argumento ótimo:

– Ah! mas, eu falar?!... Preferível você! Vocês são mulheres, lá se entendam!

– Mas eu estou envergonhadíssima com ela, Felisberto! Com que cara agora vou pedir pra ela ficar!

– Por isso mesmo! Você arranjou o embrulho...

– Como você está áspero hoje!

– Mas você compreende que uma coisa destas não é nada agradável pra mim!

– Nem pra mim, então!... Sabe duma coisa? se quiser falar com ela, fale, eu não falo! O que eu posso é depois pedir desculpas pra ela... E também não quero saber mais disso, lavo minhas mãos. Você é que acha melhor Fräulein ficar...

Sousa Costa positivamente não achava melhor Fräulein ficar. Porém tinha achado. Enfiou as mãos nos bolsos e convicto:

– Eu... eu acho sim. Falo com ela amanhã.

Exaustos, mortalmente tristes, os cônjuges vão dormir.

Duas horas da manhã. Vejo esta cena.

No leito grande, entre linhos bordados dormem marido e mulher. As brisas nobres de Higienópolis entram pelas venezianas, servilmente aplacando os calores do verão. Dona Laura, livre o colo das colchas, ressona boca aberta, apoiando a cabeça no braço erguido. Braço largo, achatado, nu. A trança negra flui pelas barrancas moles do travesseiro, cascateia no álveo dos lençóis. Concavamente recurvada, a esposa toda se apoia no esposo dos pés ao braço erguido. Sousa Costa completamente oculto pelas cobertas, enrodilhado, se aninha na concavidade feita pelo corpo da mulher, e ronca. O ronco inda acentua a paz compacta.

Estes dois seres tão unidos, tão apoiados um no outro, tão Báucis e Filamão, creio que são felizes. Perfeitamente. Não tem raciocínio que invalide a minha firme crença na felicidade destes dois cidadãos da República. Aristóteles... me parece que na *Política* afirma serem felizes os homens pela quantidade de razão e virtude possuídas e na medida em que, por estas, regram a norma do viver... Estes cônjuges são virtuosos e justos. Perfeitamente. Sousa Costa se mexe. Tira um pouco, pra fora das cobertas, algumas ramagens do bigode. Apoia melhor a cara no sovaco gorducho da esposa. Dona Laura suspira. Se agita um pouco. E se apoia inda mais no honrado esposo e senhor. Pouco a pouco Sousa Costa recomeça a roncar. O ronco inda acentua a paz compacta. Perfeitamente.

Quando veio para o café, na hora de sempre, suponho que Sousa Costa e mulher inda dormiam. Justíssimo. Reparavam o esforço gasto. Não encontrou ninguém e Tanaka se aproveitou disso pra servi-la mal. Fräulein nem pôs reparo na escaramuça do japonês. Pensava. Isto é... Pensaria?

Estava muito pouco Fräulein no momento. Porque Fräulein, a Elza que principiou este idílio era uma mulher feita que não estava disposta a sofrer. E a Fräulein deste minuto é uma mulher desfeita, uma Fräulein que sofre. Fräulein sofre. E porque sofre, está além de Fräulein, além de alemã: é um pequenino ser humano.

Por isso turtuviei no falar que ela pensava: ela sofre. Não pensa bem porque sente demais. Acumula apenas farrapos de pensamentos. Farrapos não! palavra que insulta... Lembra Bethmann Holweg. Que culpa Fräulein tem dos "farrapos de papel" de Bethmann Holweg? Nenhuma. Retiremos os farrapos. Ela apenas acumula, ponhamos, migalhas de pensamentos, não, antes prelúdios de pensamentos, que fica mais musical. Simultâneos brotam na consciência dela desenhos inacabados, isto é, prelúdios de ideias. Umas dolorosas, outras dolentes, outras macabras. Até? Até macabras, zum Henker![8] Um chacoalhar de ossos mal presos, anuncia que por detrás a morte passa calçuda e masculina pros que pensam em alemão, der Tod...

Esse esgotar lento e invisível de forças e gastar de tentativas dia a dia... Súbito: que cansaço! ah!... Não melhora mesmo! E achará casamento?... Brigando, se aviltando por oito contos... Tanaka... Correio Paulistano... Se aviltando não. Abandonava Carlos... Isto lhe doía, doía, não nega não.

E aonde ir agora?... Quartinho de pensão... E nova espera... Mal-e-mal ia dobrando os vestidos retirados da guarda-roupa, abria malas. Recordava em corisco os dinheiros ajuntados... H. Blumenfeld & Comp., do Rio de Janeiro... É certo que podia em breve descansar... Ai... Casava... De tarde ele voltava do trabalho... Jantavam... Muito magro, óculos sem aro... A *Pastoral*? A *Pastoral*... Universidade... Assim mesmo, o Brasil não fora muito propício pra ela não... Frau Benn pedira de emprestado sessenta mil réis... Imaginava bem mais fáceis progressos ao abordar imigrante a terra americana... Passara uma vez quase dois anos sem encontrar o trabalho dela, de casa em casa, professora de alemão e piano...

E devia se calar. Se acaso se propunha a algum chefe de família a recusa vinha logo... Ríspida. Falta de entendimento e de prática... Deste povo inteiro. E era sempre aquilo: no outro dia a dona da casa vinha muito sáxea e... Mas é mesmo possível que uma pessoa olhe pros outros de cima, altivamente?... Só porque tinha dinheiro?... Lhe entregava o envelope com a mensalidade. Isso quando não descontavam as lições que inda faltava dar... Agora os meninos iam descansar um pouco; mais tarde, quando fosse pra

8. Nota do Autor: Equivalente a “C’os diabos!”, “Pros demônios!”.

recomeçar, avisariam... Pra que mentir?... Preciso comprar meias brancas. Como eram complicados os latinos. Cansativos.

Fräulein achava desnecessária tanta mentirada, e bobo tanto preconceito. De primeiro isso irritava bastante o deus encarcerado, e era um berreiro de atordoar dentro do corpo dela. Achava que o ideal da honra era repetir aquela frase que Schiller botara na boca de Joana D'Arc: "Não posso aparecer sem minha bandeira", ser sincera. Mas qual, as mães brasileiras, quando se tratava dos filhos, eram pouco patriotas, Fräulein fora obrigada a guardar a bandeira. E não sei se o deus encarcerado acabou se adaptando também, sei é que não fez mais chinfrim.

Só ficou aquele pensamento de que podia ser bem mais sincera na Europa. E na Alemanha então?... Porém sofria-se muito agora lá, e Fräulein não gostava de sofrer. As notícias chegavam cada vez mais tristes. A última carta do irmão eram dois braços implorantes pra América... América desilusória. Afinal nem tanto assim, não se morria de fome, trajava boas fazendas. Sobretudo comia bem.

Fräulein começou arranjando com mais atenção os vestidos. Porém sabia que, chegando a hora de descansar, só lhe seria possível o sossego na velha pátria alemã.

– Patrão está chamando.

Esperança! Onde estava Sousa Costa? Correu pra porta.

– Tanaka...

Ninguém mais no corredor.

– Pöbel.[9]

Se apressou diante do espelho, deu um toque nos cabelos, consertou a blusa. Sousa Costa, que estava esperando no hol, fez ela entrar na biblioteca.

– Fräulein... antes eu tenho de lhe apresentar as nossas descul-

9. Nota do Autor: Aqui equivale a "Ordinário!".

pas. Laura não sabia de nada e foi precipitada. Ela é mãe, Fräulein... Mas está muito arrependida do que fez.

– Não tem dúvida, senhor Sousa Costa. O mal foi o senhor... É verdade que o senhor se esqueceu.

– Esqueci, Fräulein... esqueci. Tantos negócios! É impossível a gente se lembrar de tudo mas Laura fez mal. Fräulein... há de concordar comigo... o que passou, passou, não é assim? Laura está convencida de que a senhora... Deve abandonar a ideia de ontem, Fräulein. Eu... nós lhe pedimos que fique.

– Mas senhor Sousa Costa...

Esperou. Sousa Costa também esperou. Daí nascer um silêncio. Aproveitemo-lo pra observar o seguinte: Fräulein não hesitava, como fez parecer, queria ficar. Estava certa de ficar. Então por que hesitou? Porque é de praxe se fazer de rogada a pessoa vulgar. É uma prática boa de honestidade não voltar atrás sem muita insistência dos outros. Se compreende pois o abandono em que vive a bandeira de Joana D'Arc.

E por que Sousa Costa esperou? Porque a hesitação da moça lhe dava esperança nova, se ela recusasse... Que bom! acabava-se com aquilo! Que eram oito contos pra ele! Nada. Por isso não insistiu, esperou. Porém ela foi mais forte. Ascendência de raça superior. Sousa Costa principiou tendo vergonha do silêncio. Ascendência de boa educação. Insistiu:

– Desista de partir, Fräulein.

– É que...

Agora Sousa Costa se calou duma vez, cumprira com o dever. Assim ela não se dobrasse às razões que ele dera!... Fräulein não percebeu isso, mas ficou com medo de hesitar mais, ele podia aceitar aquilo como recusa. E devemos ser francos nesta vida, sempre fora simples e franca. Se aceitava, devia falar que aceitava e deixar-se de candongas. Sempre fora como a Joana de Schiller que não podia aparecer sem a bandeira dela. Emendou logo:

– Bom, senhor Sousa Costa. Como o senhor e sua esposa insistem, eu fico.

Ora, Fräulein, vá saindo! ninguém insistiu tanto assim. Não, é certo que Sousa Costa e dona Laura insistiram, esta com o marido e ele com Fräulein. Mas por que insistiram, se não queriam? Ninguém o saberá jamais. Insistiram, simplesmente. Fräulein é que ficará por causa da insistência. Por causa disso. Será melhor dizer que por adaptação. Isso: por adaptação. Também se pode pensar no desejo vigiando... sensualidades... Vamos pra diante.

Como tombam as expectativas! A alma espera. A postura da espera é estar suspensa, e a alma parece então um pinheiro do Paraná, todos os ramos em corimbo, erguidos pra cima. Os ramos se sustentam muito bem, ascendendo pro alto, expectantes. Enrija-os a seiva da esperança, que é forte. Mas eis que falha a expectativa. O pinheiro do Paraná vira pinheiro da Suécia. E os ramos descendentes, uns nos outros se apoiando, até que os mais de baixo se arrimam no chão.

O pinheiro da Suécia volta macambúzio pro quarto conjugal. Dona Laura, pinheiro do Paraná:

– Recusou?

– Aceitou.

Dona Laura, pinheiro da Suécia. Sousa Costa suspira e:

– Assim é melhor, Laura.

– Muito melhor, Felisberto.

Os dois agora estão convencidos de que o caso resolveu-se bem. Se Carlos se perdesse... Mas agora se salvará pois Fräulein fica. Os dois cônjuges se sentem descansadamente satisfeitos. Vão se vestir, vão viver. Que sossego esta vida boa!...

E que gostosura liquidar um caso! Quase todos conservam a impressão de ter vencido.

Susto. Os temores entram saem pelas portas fechadas. Chiuiiii... ventinho apreensivo. Grandes olhos espantados de Aldinha e Laurita. Porta bate. Mau agouro?... Não... Pláaa... Brancos mantos... É ilusão. Não deixe essa porta bater! Que sombras grandes no hol... Por quês? tocaiando nos espelhos, nas janelas. Janelas com vidros fechados... que vazias! Chiuiiii... Olhe o silêncio. Grave. Ninguém o escuta. Existe. Maria Luísa procura, toda ouvidos ao zunzum dos criados. Por que falam tão baixo os criados? Não sabem. Espreitam. Que que espreitam? Esperam. Que que esperam?... Carlos soturno. Esta dorzinha no estômago... O inverno vai chegar...

Ninguém sabe de nada. Se ninguém não escutou nada! Mas a vida está suspensa nesse dia.

– Fräulein... que foi que houve, hein!

E ficou rubro rubro da coragem.

– Quando, Carlos?

Ele envergonhadíssimo. E ela não ajudava, esperando... Por último inda repetiu, escangalhando o menino:

– Quando?

Ele mentiu:

– Pensei que você estava doente. Não me deu lição ontem...

– Estive doente, Carlos.

– Já sarou!...

– Já. Continue a lição, não houve nada. Futuro:

– Ich werde gefallen... Fräulein! Eu não quero que você saia daqui de casa!

Ela sorrindo pra refrescar o arroubo, ôh! descansou a mão na dele.

– Não vou sair, Carlos, sossegue.

– Ich werde gefallen, du würdest gefallen... continuou, retirando a mão.

Fräulein nem reparou que ele passava do futuro pro condicional: Eu cairei, tu cairias se... etc. Ela estava pensando que carecia apressar e acabar com aquilo, senão. Chegou mais a cadeira por acaso. E o rapazinho continuava aos trambulhões, errando muito.

Último quarto da hora, o detestado. Carlos detestava o ditado e Fräulein também. O ditado? Não. O último quarto da hora. Por causa do ditado. Ou detestavam o ditado por ser no último quarto da hora?... Ninguém o saberá jamais.

Sobre a grande escrivaninha, legítimo liceu-de-artes e ofícios, o menino escrevia com lentidão. Hesitava mais que o necessário. Sucedia que então Fräulein se inclinava sobre ele pra ver as letras e corrigir, Fräulein era míope. Inclinava, se encostava toda nele e Carlos não gostava daquilo. Escritório úmido, frio, fechado no silêncio. Os últimos calores do outono derretiam a luz lá fora e esta, escorrendo pela janela entrecerrada, se coagulava no tapete. Dançarinamente na linfa luminosa a poeira.

Carlos não suportaria mais o malentendido, isso via-se. A angústia interior, imperiosa, aterrorizante, avisava-o também disso. Confessaria hoje agora já na lição. Será que Fräulein também percebera o desespero do menino? Auxiliava. A hora acabava. Carlos, respiração multiplicada sonora. E era verdade que esquecia-se das letras agora, Sehnsucht tinha agá ou não? Desejaria escrever rápido, acabar! correr ao sol noutro calor!... Fräulein, com o braço esquerdo no espaldar da cadeira de Carlos, ponhamos, nas costas do rapaz, se despejou sobre ele, amoldada:

– Deixe ver.

Deitou o braço direito sobre o dele, lhe segurando a mão, soerguendo-a do papel. Assim, não é pra intrigar, porém ele ficava abraçado. Abaixou a cabeça, querendo e não querendo, que desespero! era demais! se ergueu violento. Empurrou a cadeira. Machucou Fräulein.

– Não escrevo mais!

Ela ficou branca, tomou com um golpe. Custou o:

– Que é isso? Venha escrever, Carlos!

– Desse jeito não escrevo mais!

Abriu a luz da janela. Olhava pra fora, raivoso, enterrando virilmente as mãos nos bolsos do pijama, incapaz de sair daquela sala. Fräulein não compreendia. Estava bela. Corada. Os cabelos erriçados, metálicos. Doía nela o desejo daquele ingênuo, amou-o no momento com delírio. Revelação!

Todos os instintos baixos dela, por que baixos! todos os instintos altíssimos dela, guardados por horas... (altos ou baixos?... ninguém o saberá jamais!) guardados por horas, por dias, meses, surgiam somados numa carreira de estouro que só a exaustão pararia. E ele era mais forte, duma força de pureza! vencia. Se partisse, tudo acabado. Oh não queria não! Vai falar pro pai, não sei... Mesmo que sofresse também, era capaz de trazer Maria Luísa pras lições... E nunca mais ficará só com ela, com aquela que desejava, que pedia de amor... Depois começaria a pensar nela... Aos poucos ei-la idealizada, lá longe...

Não! Assim Fräulein não queria! E não reparava que Carlos era muito quotidiano pra tais idealizações. Isso só prova que Fräulein era ruim observadora, nada mais. Ou por causa da ardência do instante. Aliás, já tinham ambos ultrapassado o pensamento de amor. Carlos não sairá daquela sala, assim, mãos nos bolsos, lábios pobres, alma interrogativa.

– Mas que modos são esses, Carlos... Responda! dolorida.

Ele deu um som muxoxado com a língua, sacudindo a cabeça recurva, balançando o corpo numa irritação motivada, sem nexo. Batia o calcanhar. Fräulein se aproximou. Que pedido sublime, murmurando aquele:

– Venha escrever...

– Não escrevo mais, já disse...

– Venha...

Tinha de ser a primeira a se confessar. Ela era a mais forte, da força de sabença. Teve tristeza por isso. Carlos por seu lado já estava mais calmo. A revolta lhe desagrupara os tais instintos altíssimos. Quando Fräulein toda entregue, amolecida, emoliente, lhe segurou no braço:

– Venha... Você me entristece, Carlos...

Ele não sentiu nada. Imaginou que estava tudo acabado e vencera-o. Opôs apenas por opor:

– Mas a hora já acabou...

– Não ainda!...

Voltaram pras cadeiras. Muito unidos agora. De propósito. Sabiam que estavam unidos de propósito. Amantes e confessados. Sehnsucht tinha agá.

– Ora Carlos. Como é o esse maiúsculo?

E como se afastara um pouco dele, no recuo parlamentar dos espantos, Carlos não pôde suportar o gozo perdido. Olhou pra ela e canalha, se rindo quase de vergonha, vencedor:

– Venha! Fique daquele jeito!

Enlaçava-lhe a cintura enfim, puxou-a. Botou a cara gostosa no colo dela, aonde nascem os aromas que atarantam. Lhe beijou as roupas. Depois sentiu um medo grande dela, vergonha desmedida, se refugiou dela nela. Sensualmente afundou olhos, nariz, boca, muita boca no corpo da querida. Pra se esconder. Fräulein sufocou-o contra o peito, com os seus braços enrolados.

Quando ele sentiu sobre os cabelos uma respiração quente de noroeste, principiou a imaginar e criticar. Criticar é comparar. Que gosto que teriam esses beijos do cinema? ergueu a cara. E, pois que era de novo o mais forte, beijou Fräulein na boca.

Das lombadas de couro, os grandes amorosos espiavam, Dante, Camões, Dirceu. Não digo que, pro momento fílmico do caso, estes sejam livros exemplares, porém asseguro que eram exemplares virgens. Nem cortados alguns. Não adiantavam nada, pois.

O caso é que Sousa Costa, escutando um amigo bibliófilo gabar exemplares caros, falara pra ele:

– Olha, Magalhães, veja se me arranja uns desses pra minha biblioteca.

Por isso é que possuía aquele Camões tão grande, aquela *Vita Nuova* em pergaminho, um Barlaeus e um Rugendas bom pra distrair as crianças, dia de chuva.

Ahn... ia me esquecendo de avisar que este idílio é imitado do francês de Bernardin de Saint-Pierre. Do francês. De Bernardin de Saint-Pierre.

Carlos esses três dias viveu? Eu não sei se alcançar a felicidade máxima, extasiar-se aí, e sentir que ela, apesar de superlativa, inda cresce, e reparar que inda pode crescer mais... isso é viver? A felicidade é tão oposta à vida que, estando nela, a gente esquece que vive. Depois quando acaba, dure pouco, dure muito, fica apenas aquela impressão do segundo. Nem isso, impressão de hiato, de defeito de sintaxe logo corrigido, vertigem em que ninguém dá tento de si. E fica mais essa idéia que retoma-se de novo a vida, que das portas do Paraíso Terrestre em diante é sofrer e impedimento só. Estou convencido: Carlos não viveu esses três dias.

Três, porque no quarto dia os arroubos se espevitaram tão alarmantemente que não puderam mais sujeitar-se ao âmbito social da biblioteca e na mesquinha hora de lição. Pra ele talvez tempo e ambiente pouco importassem, porém nós já sabemos que Fräulein tinha o gosto das metodizações, ali não. Carlos aceitando a mania dela, assim gemeu:

– Fräulein... eu queria te falar uma coisa...

Sem vergonha, sorria. E fechou os olhos encabulado. Se aninhara nos braços dela, pra com mais eficácia ordenar.

– Pois fale, Carlos.

– Aqui não!...

Estes paulistas falam muito devagar, escuta só como ele arrasta a voz:

– Aqui não... De repente a lição acaba e a gente carece de sair... Podem desconfiar!...

Fräulein muda.

Certas coisas são muito difíceis de falar, quando a gente tem uma quinzena de anos, não pensa nas consequências e a querida espera, muda. Carlos era inocente por demais para supor que Fräulein já. Senão desembuxava, qual desembuxava! agia. Porém como nada supunha, não teve coragem pra. Alçou o braço, puxou a cabeça dela, deu o beijo.

– Uhmm... suspirou. E emudeceu. Silêncio. Principiou brincando com os dedos dela e muito baixo:

– Sim?...

– Sim o quê, Carlos?

– Ora!

De repente, se apertando nos braços dela:

– Ah, vamos! diga se eu posso ir falar com você!...

– Mas falar o quê, Carlos?

–Ahn...

Riu. Depois, cantando numa gaita desafinada:

– Você já sabe, agora!...

Fräulein teve uma dor toda machucada, teve raiva, empurrou Carlos.

– Vamos embora.

– Nãão!...

– Me largue. A hora já acabou.

– Mais um poucadinho!

– Não me aperte assim!

– Dá um beijo!

– Que men...

– Só um... último!

Vencida.

– Hoje?...

– Não me amole!

– Hoje, ouviu.

Estava combinado. A dificuldade sempre parece maior do que é.

Imagino que esta máxima deve ser da maior imoralidade, paciência. Tem crápulas ordinaríssimos que namoram a mulher do próximo. Tem também estudantes dignos de elogio, que pretendem aprender a língua japonesa. Ora eu falo pra esse estudante: Irmãozinho, principie e siga corajoso. A dificuldade sempre parece maior do que é. A gente chega ao fim, ora se chega!

Fräulein é que saiu furiosa da biblioteca, uma raiva de Carlos, dos homens, de ser mulher... Principalmente de Carlos, objeto, ser que ocupa lugar no espaço. Lhe machucara o deus encarcerado. Aliás eu já preveni que Carlos era machucador.

Carlos era machucador. Porém não fazia por mal. Atrapalhava tudo, nunca tinha intenção de atrapalhar coisa nenhuma.

Repare nesse menino que passa. É grandalhão, é. Mesmo pesado. Muitos afirmam que ele é magro... A culpa não é tanto das carnes, que são rijas e abundantes. Come bem. Dorme bem. Passa vida regalada. E é escandalosamente sadio, nem sequer a faringite crônica de oitocentos mil paulistanos.

Mas então por que é magro? Já falei que não é magro, desraçado, apenas isso. O que sucede com as raças muito apuradas? A carne é bem cotada no Mercado, por ser muito mais macia. Pra conservar tais excelências a Inglaterra proíbe a intromissão do boi zebu nas marombas dela. Toda gente sabe também que o gado abatido lá na grande Argentina, que do polled-angus albion sempre abunda, atinge tipo elevado na cotação dos importadores europeus.

Ora no Brasil entrou o boi zebu. Entra o durhan também, e já pasta o curraleiro e principalmente o caracu. Porém inda não se apurou coisa que valha. Será falta de carne nestes membros possantes? Nem tanto, os ossos é que ainda não diminuíram. Delírios da seleção! fundam o Herd-Book Caracu. O muchirão vai progredindo e já orgulha bastante o estado de São Paulo. Porém essas coisas não se fazem num dia, carece tempo, muita experiência...

E aos poucos, devido à clarividência dos criadores, os chifres diminuem, o focinho se torna uniformemente róseo, cascos róseos, e as malhas apanteradas alindam o pelo arroz-doce do bicho. Bem claro inda não está... Mas lindo assim mesmo, não acha? Moreno rosado... terá mais deliciosa e masculina cor! Cobre carnes rijas, musculosas, afirmo. Apenas estas se disseminam porque a obrigação delas é cobrir. Então cobrem esses ossos de pouca ou nenhuma seleção, grandalhudos e grandes. Veja os braços, por exemplo. O menino até anda meio recurvado. E as mãos são grosseiras, porém isso já tem causa muito diferente, a culpa é toda dos esportes, futebol, principalmente natação e remo. Agora o boxe está na moda e Carlos boxa.

Nos momentos, felizmente mais raros, de consciência de si mesmo, ele se falsifica por completo. Afirma que gosta muito de pugilismo (é mentira) e toma os ares do forte que já não chora como os índios de Gonçalves Dias. Mas de fato, pra meu gosto pessoal, Carlos é um bocado longínquo. Isso não quer dizer falta de coração, significa somente esquecimento do coração, coisa muito comum nas pessoas normais. Carlos é frio? Não, porém não se lembra de querer bem. Se basta a si mesmo e se defende das festinhas.

Se alguém lhe bota a mão no ombro, retira o corpo instintivamente. Se uma das irmãs, irmãs nem tanto, camaradas, que Carlos não bate em mulheres, lhe dá a mão, aperta até machucar. Aliás não corresponde ao aperto de mão de ninguém. Aos de alguma superioridade que estendem a mão pra ele, entrega dedos sem contato, inertes, retos, que não se curvam pra apertar. Paralisia infantil. Nunca! paralisia de Carlos. É doença particular. Quero mostrar, com o caso do ombro e o da mão, que ele não goza (nem mesmo as percebe) com as pequenas e mais ou menos mascaradas sensualidades que entretêm as fomes amorosas de todos, da aurora ao se deitar. Porém nestes últimos dias Carlos beija muito as irmãs, principalmente Aldinha.

– Que caídos são esses com sua irmã!

Carlos baixa os olhos, se ri. Pronto: já envaretou outra vez. Sem querer aperta Aldinha e machuca.

– Ai, Carlos!... Feio!

– Quem que é feio!

– Você, sabe!

– Quem que é feio! Repita mais uma vez pra você ver!

– É você! é você!

– Quem!

– Tu, turututu! parente do tatu e do urubu, pronto!

– Então se eu sou parente do tatu e do urubu, você é tatua misturada com urubua.

Aldinha chora, é natural.

– Mamãe! ahn... mamãe!

– Que foi, Aldinha!

– Ahn... Carlos me chamou de tatua misturada com urubua...

Ele não fez por mal, só crianças fracas, doentias e nervosas são malvadas. Vejam Maria Luísa... Faz um par de dias, foi no chá da amiguinha. Pois achou jeito escondido de esquartejar o bebê de porcelana. Quando saía, esperando a mãe no jardim, depenou a palmeirinha. De caso pensado. Mas ninguém não viu e ela não contou nada. Se fosse Carlos, juro que pegando na boneca desarticulava num instante os braços da coitadinha. Porém ia logo mostrar o malfeito, tomava pito, encabulava. Depois foi saltar a palmeirinha, facilitou, deu com o pé no vaso caro.

– Dona Mercedes, quebrei o vaso da senhora! me desculpe!

Ela diria o "não faz mal", tiririca por dentro. Depois desabafava:

– A Laura tem um filho insuportável! malvado! você nem imagina! Quebra tudo de propósito! Diferente da irmã... Maria Luísa é tão boazinha!...

Porém isso não faria nenhum mal pra Carlos, a essa hora, quem sabe? talvez envaretado por novas reinações, pensando noutras coisas. Maria Luísa lembra, a outra palmeirinha... Lhe cresce a pena de não a ter desfolhado também.

Não sei se pus alguma coisa de Carlos nestas últimas páginas. Tive intenção de. Relendo o capítulo, sinto que aí estão a pureza, a inocência, os ossos e a graça sutil do rapaz. E determinei bem que ele era um machucador de marca maior. Nesse dia então, viveu atentando as meninas.

– Mamãe! venha ver Carlos!

Dona Laura ficou zonza.

Fräulein enciumada, se remordendo, traidor! nem pensava mais nela! Ali pela tardinha não pôde mais, passou por ele e murmurou:

– Meia-noite.

Carlos se acalmou de sopetão, não buliu mais com as irmãs, sério. Estava homem.

Carlos estava homem. Sem que se amedrontasse, assuntou a noite envelhecer. Só reparou no vagar dela. Muito sereno, porém apressado.

Aos poucos se apagaram as bulhas da casa, vinte e três horas. Se irritou com a impaciência chegando, que o fazia banzar pelo quarto assim, e lhe dava sensação do prisioneiro que espera o minuto pra fugir. Puxa! coração aos priscos. A calma era exterior. Não.

O coração também se fatigou e sentou. Carlos também sentou. Cruzou os braços pra não mexer tanto assim, disposto a esperar com paciência. Tomou o cuidado de pôr o braço esquerdo sobre o outro, que assim o relógio ficava à mostra na munheca.

E os minutos se acabando, tardonhos. Aliás nem tinha pressa mais, o aproximar da aventura lhe apaziguava as ardências. Resfriado. Qualquer coisa lhe tirava o calor dos dedos... Se lembrou de vestir pijama limpo, fez. Depois pensou. Não tinha propósito trocar de pijama só por quê. Carlos, como se vê, já tinha progredido sobre o pai, nunca usará brilhantina nos bigodes. Se nem bigodes! Vestiu outra vez o pijama usado e se reconciliou consigo, já confiante.

E outra vez se sentou. Olhava a imobilidade dos ponteiros que lhe abririam a porta de Fräulein. Que o entregariam a Fräulein. Uma comoção doce, quase filial esquentou Carlos novamente. E porque amava sem temor nem pensamento, sem gozo, apenas por instinto e por amor, por gozo, iria se entregar. Está certo. Carlos amava com paixão.

A imobilidade é a sala de espera do sono. Procurou ler e cochilou. Vinte e três e trinta, se ergueu. Caceteação esperar! Também o momento estava estourando por aí, graças a Deus! Sentou na cama. Mais vinte e sete minutos. Vinte e seis... Vinte e cinco... Vinte e... Nos braços cruzados sobre a guarda da cama, a cabeça dele pousou.

A posição incômoda acordou Carlos. Espreguiçou, empurrando com as mãos a dor do corpo, sentado por quê? ah! lembrança viva enxota qualquer sono. Hora e meia! Desejo furioso subiu. Sem reflexão, sem vergonha da fraqueza, corre pra porta de Fräulein. Fechada! Bate. Bate forte, com risco de acordar os outros, bate até a porta se abrir, entra.

Aqui devem se trocar naturalmente umas primeiras frases de explicação – se ele der espaço para tanto entre os dois! – porém obedeço a várias razões que obrigam-me a não contar a cena do quarto. Mas como nos será impossível dormir, ao leitor e a mim, ambos naquela torcida pelo triunfo de Carlos, vamos gastar este resto de noite resolvendo uma questão pançuda: Quais eram de fato as relações entre Fräulein e o criado japonês? Inimigos? Quem me falou que eles se entendem?...

Pois é. Castro Alves cantava que na última contingência da calamidade, quando a queimada galopa destruindo matos, sacudindo as trombas curtas de fogo no ar, a corça e o tigre vão se unir na mesma rocha. Não sei em que país do mundo Castro Alves viu a "Queimada" dele... Talvez nalgum Éden bíblico ou nas bíblicas proximidades da moradia de Tamandaré, depois do dilúvio. O certo é que tinha lá, em promíscuo farrancho, um tigre, uma corça, além de iraras e cascavéis. Não esqueçamos também o perdigueiro. Porém essa fauna panterrestre não tem importância nenhuma pra este idílio, pois não trata-se de corça nem de tigre, estou falando de Fräulein e do criado japonês.

Mas da relação íntima que possa existir entre os quatro inda me resta o que falar. Não sei porém como igualar Fräulein a uma corça... A comparação tomava assim uns ares insinuantes de pureza que não ficam bem, pois nós todos já sabemos que. O japonês então, gente guerreira aquela! é que de todo não pode ser a tímida veadinha... De mais a mais confesso que não vejo, entre os brutos escolhidos por Castro Alves para o mesmo habitat conciliatório, mais que antítese inócua, nem são tão opostos assim! Mais inimigos ainda, mais muito mais! são o tigre e o tigre.

Agora sim a metáfora pode convir. São tigres pois, no sentido que mais convier a cada um, a governanta e o criado japonês dos

Sousa Costas. Esta analogia vai surgir muito evidente, agora que me disponho a explicar por que lembrei o verso de Castro Alves.

Em que companhia horrorosa a gente Sousa Costa foi se meter! Porém no Brasil é assim mesmo e nada se pode melhorar mais! Os empregados brasileiros rareiam, brasileiro só serve pra empregado-público. Aqui o copeiro é sebastianista quando não é sectário de Mussolini. Porém os italianos preferem guiar automóveis, fazer a barba da gente, ou vender jornais. Se é que não partiram pro interior em busca de fazendas por colonizar. Depois compram um lote nos latifúndios tradicionais, desmembrados em fazendas e estas em sítios de dez mil pés. Um belo dia surgem com automovelão na porta do palacete luís-dezesseis na avenida Paulista. Quem é, hein? E o ricaço Salim Qualquer-Coisa, que não é nome italiano mas, como verdade, é também duma exatidão serena. Porém se o copeiro não é fascista, a arrumadeira de quarto é belga. Muitas vezes, suíça. O encerador é polaco. Outros dias é russo, príncipe russo.

E assim aos poucos o Brasil fica pertencendo aos brasileiros, graça a Deus! dona Maria Wright Blavatsky, dona Carlotinha não-sei-que-lá Manolo. Quando tem doença em casa, vem o dr. Sarapião de Lucca. O engenheiro do bangalô neocolonial (Ásia e duas Américas! Pois não: Chandernagor, Bay Shore e Tabatinguera) é o snr. Peri Sternheim. Nas mansões tradicionalistas só as cozinheiras continuam ainda mulatas ou cafusas, gordas e pachorrentas negras da minha mocidade!... Brasil, ai, Brasil!

Falemos dos tigres. O japonês arripiou logo o pelame elétrico e grunhiu zangadíssimo. Mais uma estrangeira na casa que ele pretendia conquistar, ele só... O tigre alemão, se reconhecendo muito superior tanto na hierarquia solarenga como na instrução ocidental, lhe secundou ao grunhido com o muxoxo desdenhoso. O tigre japonês curvou a cabeça, muito servilmente. Porém toda casta de picuinhas fazia pro outro. Quando era pra dar um recado, batia na porta do outro e:

– Senhora está chamando e não dava o recado. O tigre alemão tinha que descer as escadas e ir saber o que dona Laura queria. Na mesa, muitas vezes o nipônico deixava de servir o tudesco ou esbarrava nele com peso e malvadez. Mas o tigre alemão se vingava, e o senhor ou a senhora Sousa Costa ali, ordenava ao inimigo tal serviço, o tigre japonês obedecia servilmente. Era na alma que rosnava tiririca. E assim os dois tigres se odiavam. Viviam se arranhando em contínua rivalidade. Cada um se acreditava o dono daquela família, o conquistador da casa e do jardim, o quem sabe? futuro possuidor do Estado e próximo rei da terra brasileira toda do Amazonas ao Prata.

Odiavam? que estou falando! Quando os Sousa Costas grandes iam no teatro ou no baile, Fräulein deitava as pequenas. Depois entrava no quarto. Não sei se lhe pesava a solidão, descia, sentava-se no hol e abria um livro sem vontade. Virava pouco a pouco as folhas secas que ringiam machucadas no chão frio. Devia de estar alguma fera no arredor... O luar coava solitário da alta rama das árvores. De repente os cipós se entreabriam. Dois olhos espantados relampeavam na escureza e a carantonha chata do tigre japonês aparecia, glabra, polida pelo reflexo lunar. Com o passo enluvado, cauteloso, ele rondava à espera dum carinho. E o carinho chegava fatalmente. Fräulein, fingindo indiferença, fechava o livro.

– Muito serviço, Tanaka?

– Nem tanto, senhora, êêê... na terra era pior.

– Você é de Tóquio?

– Êê... senhora, não.

Se aproximava. Vinha felinamente estacar em frente do tigre germânico. Então eles conversavam. Falavam longamente. Comovidamente. Se contavam as mágoas passadas. Confiantes, solitários. Doloridos. Se contavam as mágoas exteriores. As infâncias passavam lindas, inocentes, brinquedos, primavera, mamãe...

Algumas vezes mesmo uma lágrima iluminava tanta recordação, tanta alegria. Tanta infelicidade.

Batia sobre eles o luar, e os santos óleos da lua como que lhes redimiam as maldades pequeninas. Se olhavam comovidos. O tigre alemão, longo, desgracioso, espiritual, ver um Schongauer. O tigre japonês, chato, contorcido, ver um Chuntai.

Depois das recordações, vinham as esperanças. E das esperanças, tão lentas de se realizar! derivavam os exasperos e as revoltas. Até calúnias, tão eficientes pra consolar. A roupa suja da família se quotidianizava ali. Os defeitos da pátria emprestada eram repassados com exagero. Principalmente o nipônico falava, que o alemão tinha as pernas mais altas do estudo pra se rojar no lamedo. Porém se percebia que escutava com prazer. E os dois tigres se aproximavam, olhos úmidos, eram irmãos. Se a distância lhes impedia pra sempre o beijo sem desejo, insexual mas físico de irmãos, eles se davam, não tem dúvida, aquele beijo consolador, espiritual, redentor e reunidor das almas desinfelizes e exiladas.

Apalermados pela miséria, batidos pelo mesmo anseio de salvação, sofrenados pelo fogaréu do egoísmo e da inveja, na mesma rocha vão trêmulos se unir. A queimada esbraveja em torno. Os guarantãs se lascam em risadas chocarreiras de reco-recos. A cascavel chocalha. A suçuarana prisca. As labaredas lambem a rocha. Pula uma irara, que susto! Peroba tomba. O repuxo das fagulhas dançarinas vidrilha de ouro o fumo lancetado pelas cuquiadas dos guaribas. Os dois tigres ofegam. Falta de ar. Sufocam, meu Deus! Deus? Porém que deus? Odin de drama lírico, sáxeo Budá no contraforte das cavernas? Mas porém sobre a queimada, Tupã retumba inda mais mucudo, de lá dos araxás de Tapuirama. Por enquanto. Creio mesmo que vencerá. Os dois tigres acabarão por desaparecer assimilados.

Mesmo o japonês? Homem, não sei. Avisto Gobineau fraudulento a estudar o fácies de Tupã. Odin e Budá inda Tupã podia vencer, que em brigas entre iguais a vitória parece discutível. Mas

Gobineau é homem, Homo Europeus, e sempre constatei que os homens são muito mais fortes que os deuses. Gobineau vencerá pra maior gozo de alemães.

Mas que bem que importa isso à família Sousa Costa? Não importa nada, nem dona Laura tem que ver com os futuros da pátria, francamente. Só o presente é realidade. Qual será o futuro? Paradigma de conjugação seguirá? Ou irregular? Ou não tem futuro, e família e pátria são defectivas?... Ninguém o saberá jamais...

Agora que as relações entre os dois tigres ficaram esclarecidas, só me resta aconselhar aos leitores o seguinte: A gente não deve culpar nem Fräulein nem o criado japonês. Não adianta nada, nem são tão culpados assim. E têm isso de imensamente cômico, que no fundo se odeiam. Mas ali estão unidos por causa da "Queimada" de Castro Alves. Por causa das recordações, do exílio e da esperança. Todos os exilados afinal têm direito a recordações e esperanças.

E enviados pro Brasil, onde iraras pulam, cascavéis chocalham, onças, jaguarandis, tatupebas, peixes-bois e tigres, pois não! tigres também se assanham, inda por cima vieram adquirir essa coisa tristonha e desagradável que de portugueses herdamos: a saudade.

A aurora entrecortada lança um primeiro suspiro nos céus notívagos. Dois ou três galos madrugas, galos em Higienópolis não tem, uns galos madrugas... é uma pena estes verdes amáveis do Brasil não ocultarem rouxinol nem cotovia, aliás estamos na cidade e creio nem na umidade de White-Chapel a cotovia librará o voo pesado dela (será pesado o vôo da cotovia?), nem sobre a cúspide da Cleopatra's Needle o rouxinol cantará, porém estou me enganando, pois *Romeu e Julieta* passa-se na Itália, nem Shakespeare é londrino... resumindo: vários galos madrugas amiúdam no Pacaembu. Pois agora que bateram as três e trinta, o leitor pode retomar o caso e espiar o corredor. O idílio continua.

Carlos sai cuidadoso do quarto de Fräulein. Caminha na maciota. Todo cuidado é pouco, não? com pés de onça ele pisa. Nem um ruído fará, não vá acordar alguém... Carlos reflete. E sabe que essas coisas ninguém deve descobrir.

Fräulein se fechou por dentro. Desenleou pensativa a maçaroca das cobertas. Foi alisar os cabelos, cheia de molas, boneco, pra não se embaraçarem mais durante o sono. Estava toda numa ideia longe, parafusando, parafusando. Deitando, inda parou um pouco, esquecida, onde está Fräulein? Qual! que ideia! Interrompeu a luz. Mas havia de tirar a limpo aquilo. Pegou no sono.

Carlos se levantou tarde. Desapontado? É certo que, descendo pro café, deu graças-a-deus de não encontrar Fräulein, bebeu, subiu escorraçado pelos sustos. Tomou o banho frio quotidiano, e cantava, distendendo os músculos morenos diante do espelho, nu. Coroava os olhos dele essa quebra de pálpebras, vocês sabem... como brilham as pupilas! É sono. Mas em volta delas, sombria, negrejante, a aliança matrimonial. De Saturno.

Não se discute: os estigmas do pecado alindam qualquer cara. Carlos hoje está quase bonito, desse bonito que pega fogo nas mulheres. Até nas virgens, apesar do físico perfeito de Peri e do moçoloiro. Carlos estava assim com um arzinho sapeca, ágil, um arzinho faz-mesmo. Não se moçoloirara nem um pouco. Porém se cantava satisfeito parou a desafinação de repente, malestar... Berimbaus guisos membis, as meninas voltavam do passeio. Fräulein devia estar com elas. Ficaram no jardim.

Cinco pras onze, hora da lição! Carlos se imobiliza, apavorado, que vergonha, meu Deus! com que cara agora ia se apresentar diante de! Nunca mais olharia pra ela! Não teria coragem...

Espiou. Fräulein grande, linda e esbelta pros olhos dele (estava com sono) parara entre as rosas, metida numa capa austera. As pregas em ordem despencavam dos ombros dela, pormenorizadas e góticas. Espalhavam serenidade sem segredos, religiosa. Ajoelhar diante daquela boniteza matinal!... Ficar assim, extático, em silenciosa adoração... divina! E lhe beijar submisso a fímbria pura dos vestidos, mantos, mãos... descansar a fronte naqueles seios protetores... afundar o rosto nesse corpo... apertar Fräulein! molhar ela de beijos! morder, não sei!... Enlaçar cheirar unir... dormir... morrer... era no outono quando a imagem... Que é!

– Dona Fräulein manda dizer pra senhor que é hora de lição.

Nunca! Não posso! como será!... Andou. Se riu de aflito, abrindo a porta. Fatalizado. Caminhar pro suplício. Mais hesitações que degraus. Ela no centro do hol. A casa desabou.

Pra Fräulein também. – Ora essa! – Não me amolem com histórias de concordância psicológica. Vocês se esquecem do deus encarcerado? A casa desabou pra ela também. Só que pôde disfarçar:

– Você se esqueceu da lição... Carlos?

Ele encabuladíssimo, rubro, pálido, ergueu um pouco os olhos pra ela. Fräulein também estava erguendo os dela. Só um pouquinho. Dois olhares que se relam, fogem. A casa redesabou. Muito desagradável. Se pudessem levar mais alguém pra biblioteca... podiam desconfiar!... não havia pretexto. Gostaram de não haver pretexto. Não queriam levar ninguém pra biblioteca. Porém passar uma hora juntinhos, depois de!... que horror! Carlos respondeu com a voz mais natural deste mundo:

– Estava me vestindo.

Entraram mecânicos, sem vontade. Porta fecha. Ele caiu sobre ela, choveu-lhe beijos pelo corpo, mastigou-a em abraços ardentes.

– Como vão os estudos de japonês, irmãozinho!

– Muito bem! Ora! já não morria de fome em Nagasáqui! A dificuldade sempre parece maior do que é.

– Mamãe! venha ver Carlos!

– Mas que será que sucedeu pra esse menino, hoje... Não tem parada! Você carece passar um pito nele, Felisberto! está impossível da gente aturar!

Vieram correndo em busca dos amantes, os tempos de intimidade. A gente nem respira e a vida já fica tão de ontem! É esquisito: o amor realizado se torna logo parecido com amizade... Carlos já senta-se e cruza as pernas. Se fumasse, fumaria. É sempre o mesmo ardente, o mesmo entusiasmado... Mas porém cruza as pernas, que é sintoma de amizade. Talvez mesmo pra evitarem o excesso de camaradagem, que traz os dizque e conta os casos desimportantes do dia, eles falam unicamente de amor. Não é por isso não. Fräulein tem de ensinar e ensina, Carlos até pouco fala. Geralmente ele apenas termina os raciocínios da sábia e se deita na sombra mansa das ilações. Carece aprender e aprende.

Que diabo! não acha muito cedo pra ensinar o ciúme da mulher, Fräulein? Porém a professora não se vence mais. Curiosidade? Antes aflição. Por isso ela se fala: Chegou o momento de ensinar o ciúme da mulher. E porque chegou, lhe sobra ocasião pra se certificar de. Arranca desabrida:

– É. Como as outras que você já teve. E as que há de ter.

Que método, Virgem! Veja como espantou o menino! está roxo de vergonha. Porém a resposta é pura e firme:

– Nunca tive ninguém!

Fräulein não deve insistir. Pois ela, esta cultura do sofrimento! ela imediatamente:

– Ninguém? Você não me engana, Carlos. Então hei de acreditar que fui a primeira?

– Você foi a primeira! a Única!

– Não minta, Carlos. Então você nunca esteve com ninguém?... Está vendo?... Responda!

Ele ergue a cara, ardendo em verdades magníficas. Quanta franqueza linda! E responde. Responde certo:

– Estar não é gostar, Fräulein!

Não tem dúvida: o método socrático de perguntas e respostas dá no vinte, quase sempre. Ao menos quando escrito assim em cima do papel, seja por Platão ou mesmo por mim. A resposta de Carlos falava lindíssima verdade. Porém quando as verdades saltam do coração, nós homens intelectuais lhes damos o nome-feio de confissões. Carlos confessara apenas, não aprendera nada com a verdade que dissera. Só quando do peito passa pro cérebro, a confissão se transforma em verdade. Dessa excursão o professor é o tapejara.

Tínhamos chegado no momento da necessaríssima distinção entre amor e posse que, quando pra mais não sirva, serve pra sossego dos Sousa Costas pais. Carlos chegaria à certeza boa, se Fräulein dirigisse bem o diálogo. Bem que ela desconfiara na primeira noite, Carlos já conhecia o. Agora sabia disso, pois continuasse a lição! Qual o quê! A curiosidade corre num motociclo, o dever anda de bicicleta, veículo atrasado, quem vencerá? A gente já sabe que só nas fábulas o jabuti ganha da candimba, nem sou capcioso Platão que prepara os diálogos por amor de cobrir de glórias o mestre dele. Por estas duas razões acontece que o motociclo ganha a corrida e Fräulein, em vez de ensinar, insiste. Faz perguntas, fingindo um ciúme aliás muito verdadeiro. Carlos, refugando sempre, enojado, desembuxa tudo afinal. Fora com uma qualquer, rua Ipiranga, porém que tinha isso! tão natural... E uma vez só! uma vez só! Fräulein te juro!... nem tive prazer... e levado por companheiros... se soubesse que você vinha!... E era só, unicamente dela! nunca serei de mais ninguém!... e, juro! foram os companheiros que me levaram, senão não ia!

Fräulein, embora nada grega, acreditava que os esportes eram alambiques de pureza. Porém não tinha vagar bastante agora, pra defender a ilusão escangalhada. O fato de Carlos não lhe ter dado a inocência, preocupava-a. Sejamos sinceros: aquilo machucou-lhe o orgulho profissional.

Mais do que esse sentimento inútil, logo sequestrado, Fräulein discutia se os oito contos lhe escapavam ou não, certo que não! Porém lhe faltava descanso agora, pra provar o não, Carlos estava ali. Só não cruzava as pernas mais, queixo nas mãos, cotovelos nos joelhos. O caso parecia grave. Bolas! preferia os beijos, Fräulein repeliu-o. E por que chorou! Ninguém o saberá jamais, chorou sinceramente.

Aproveitou as lágrimas pra continuar a lição. E aos poucos, entre perguntas e desalentos, mordida pelos soluços, tirava do aterrorizado as múltiplas verdades da sua teoria lá dela: qual o procedimento dum homem que não enciúma às cunhãs, quais os gestos que dão firme e duradouro consolo à amante, desculpe: esposa enfraquecida pela dúvida, etc. Carlos, que menino inteligente! foi apressado, foi dominador, sincero. Tanto mesmo que, ao partir, compartilhava os ciúmes de Fräulein, satisfeito. A tal farra com os camaradas... um crime. Só não se amaldiçoou, não amaldiçoou os companhciros e a perdida, só não chorou nem monologou porque não tinha inclinação pro gênero dramático. E aquilo teria mesmo tanta importância assim. Não sabe. Sente que não. Quer sofrer mas não pode, está sublime de felicidade: uma mulher chorou por causa dele! puxa que gozo! Ele até dá um soluço. De gozo.

Fräulein, pelos dias adiante, pensou duas vezes longamente no caso. Seriamente. Foi honesta. Resolveu ficar bem quieta e aceitar os oitos contos. A missão dela não consistia em dirigir um ato: ensinava o amor integral, tão desnaturado nos tempos de agora!... Amor calmo, etc. Com a frequência do ideal escrito pelo deus encarcerado, com certeza discípulo de Hans Sachs, Fräulein pouco a pouco mecanizara a sua concepção pobre do amor. Ali o homem-da-vida e o homem-do-sonho vinham se confundir na pregação duma verdade só e, bem mais engraçado ainda, na visão do mesmo quadro. Professora de amor... porém não nascera pra isso, sabia. As circunstâncias é que tinham feito dela a professora de amor, se adaptara. Nem discutia se era feliz, não percebia a própria infelicidade. Era, verbo ser.

Insensivelmente porém a teoria que ensinava aos alunos vinha se embrenhar no que ela desejava ser. E o alemão de dentro de Fräulein repisa insaciável, incansável, a suave cena, sinfonia *Pastoral* cinco vezes por ano e perpétua visão: Boca-da-noite... Uma cidade escura milenar... Ele entraria do trabalho... Ela se deixava beijar... Durante a janta saberia dos bilhetes pra Filarmônica, no dia seguinte... E quando a noite viesse, ambos dormiriam sono grande sem gestos nem sonhar.

Pra isso também inconscientemente Fräulein dirigia os alunos. Sem inveja acreditava que os já ensinados reproduziam, breve reproduziriam a visagem gostosa. Agora dirigia Carlos para o mesmo fim. Porém que uma outra tivesse movido o menino a primeira vez... lhe desagradava. Conservaria sempre pelos anos a sensação logo vencida mas imortal de que tinham lhe passado a perna.

Sua mãe tem governanta em casa?

– Não, por quê?

– Nada.

....

– Sua mãe tem governanta em casa?

– Não, por quê?

– Nada!

....

– Sua mãe tem governanta em casa?

– Tem, por quê?

– Ela ensina alemão pra você!
– Não, é russa.
– Você aprende o russo com ela!
– Eu! Deus te livre!
– Ah.

Vivia assim no quase. Contava ou não contava?... se assusta. Não devia contar, aquilo era escandaloso, era. E que satisfa, que vitória ser escandaloso!... Tinha também essa longínqua noção de que a aventura devia ser um pouco ridícula. Mas, sem saber, se punha vaidoso desses ridículos. Isso acontece com todos os seres racionais. Daí, aquela vontadinha de contar... Contar por contar, pouco se interessava com a inveja dos camaradas e não gostava de pabulagens. Carlos é um forte de verdade. Um desses que só se comparam consigo mesmos. E com a doce agitação que lhe dava chegar assim no limiar da confidência, percebia que estava crescido sobre o Carlos de dois meses atrás. Gostava do brinquedo, confesso. Brinquedo consciente? Ninguém o saberá jamais. O limiar da consciência é bem mais difícil de achar que as cabeceiras do rio da Dúvida... Que o digam os psicólogos! Que o digam as penas rotas e mortas em buscar esse limiar fugitivo e irônico!...

Aldinha se chegando pra Maria Luísa, traz uma panelinha na mão. Encostada:
– Maria! vamos brincar, hein?
– Mas brincar do quê?
– Brincar... Vamos brincar de família!
Fala como quem descobre uma luz. E do que mais poderia ser o brinquedo das meninas?
Sob o arco da escada que leva pra cozinha, atrás, elas aprendem horas, brincando de família. Visitas. Depois adormecem as filhas.

Lindo o bebê de Maria Luísa! E dorme em cama própria. Porém Aldinha não inveja o bebê da outra, escolhe sempre entre as bonecas essa filha de celuloide que sonha sobre o pedaço de lã no cimento. Mamãe é que deu o pedaço de lã. Isso basta? Aldinha se sente feliz. Laurita cozinheira faz o almoço. Eu mesmo já tantas vezes almocei às quatorze horas! Só que por muito outras razões. A razão das meninas é mais imperiosa: vida de famílias de brinquedo principia de manhã. Eis que torno-me irônico sem motivo, basta. Bateram quatorze horas faz pouco. Mas o brinquedo apenas principia. São, ponhamos, onze e trinta. Laurita bota o almoço na mesa. Madame est servie. Aldinha é visita de cerimônia que só de tarde aparece, não faz mal.

– Como vai sua filha, dona Maria Luísa?

– Agora está melhor, muito obrigada. Ela é muito fraquinha, tem sempre dores de cabeça, como sofre! O médico falou que é anemia... Mas nós temos medo que seja coração... E a da senhora, dona Aldinha?

A visita goza um orgulho açu, quer se recatar porém não pode:

– A minha! Vai muito bem! Nasceu ontem! É muito forte! Está corada, não acha? Nunca fica doente!

Dona Maria Luísa melancólica olha a filha. Por que tem bonecas sãs e bonecas doentes neste mundo, meu Deus!... Dona Maria Luísa suspira. Então esconde:

– Vamos passear no jardim, dona Aldinha? A tarde está tão fresca!

– É de manhã, Maria Luísa!

– Também pra que que você já veio me visitar!

Vão e levam as filhas. Vem a cozinheira:

– O almoço está na mesa!

Dona Aldinha, instada, fica pra almoçar. A filha de celuloide nasceu ontem... Ambas comem galhardamente um pouco de grama e pétalas roubadas das rosas, comestíveis ideais. O chá, água puríssima, nas lindas chávenas orladas de ouro. Carlos chega. Veio da aula de inglês e procura.

– Que é isso, agora!

– Nada!

– Também quero brincar!

– Não pode!

– Que tem, Aldinha! Deixe ele! Carlos é o pai da sua filha!

Porém Aldinha só tem cinco anos, como é que a gente pode reconhecer, nessa idade, o uso de pais pra bonecas de celuloide!

– Não careço de pai pra minha filha! Só se for da de você!

Maria Luísa se cala porque também não quer pai pra bebê tão bonito. O imperialismo das mães... Carlos ainda mais encafifa a menina:

– Também você pensa que vou ser pai duma boneca de celuloide! não vê! Sou pai só de bonecas de louça!

– Então você é visita! lembra a cozinheira, salvando as bonecas.

Carlos não está com nenhuma vontade de brincar, isso percebe-se. Mas ninguém pode ficar inativo neste mundo, ri:

– Pois é! Vim jantar também!

– Não é janta, Carlos! é almoço!

– Chi! que almoço mais porcaria!

– Eu chamo mamãe!

– Pode chamar! Também não careço de comer isso!... Capim... só burro que come capim!

– Não é capim t'aí, é grama!

– É capim.

– Saia daqui!

– Não saio!

– Largue disso, Carlos!

– Carlos!

– Largue!

– Mamãe!

– Pronto!

– Ah!... minha comidinha!...

Tudo em pandarecos pelo chão, desilusoriamente. As meninas têm uma tristura enorme. Entram em lágrimas na casa. Carlos conhece o argumento: finge uma raiva.

– Bem feito, mamãe! elas não queriam que eu brincasse também!

– Mas você não é mais criança, Carlos!

– E Maria Luísa, então? Eu também posso brincar, ora essa! É! fizeram uma porcariada no jardim! Arrancaram todas as rosas, dizque pra fazer comidinha, a senhora vá ver!

– Ôôôôô... mentiroso!

– Bom. O melhor é virem todos pra dentro. A tarde está fria e Maria Luísa pode ficar doente.

Eu imagino que Carlos está desapontado por dentro. Imagino mais que desta vez ele fez mal. As crianças guardam a louça, a mobília e as bonecas. Os soluços de Laurita cortam a friagem da tarde e o meu coração.

A gente nunca deve desmanchar a comidinha das crianças.

No dia seguinte o pessoalzinho não fez questão de sair da cama, até acordou mais cedo. Tanto assim não carecia. Só as aulas matinais têm de ser mais curtas. Afobação.

– O almoço está na mesa!

Fräulein, sempre a primeira a ficar pronta, parara no meio do hol. Batia com a mão nos lábios, impaciente. Carlos de mansinho se aproxima dela. Pensa que Aldinha não deve escutar a pergunta e mal sussurra:

– Achou?

– Inda não. É... ná! não há nada que me irrite mais do que isso.

Dona Laura vem descendo com a pressa aflitiva das gordas:

– Vamos! Maria Luísa! você não está pronta ainda!... Precisamos andar depressa!

– Quedê Maria Luísa, Laura?

– Já vem. Está com um pouco de dor de cabeça.

– Quem sabe se é melhor ela não ir... Fräulein ficava com ela...

– Ah, papai! deixe Maria Luísa ir com a gente, coitadinha!

– Eu falei, Felisberto, principiou a chorar... Diz que quer ir, não se pode contrariar ela, é pior!... isso passa. Maria Luísa! o almoço está pronto!

Maria Luísa desce. Desmerecida, um pouco lenta. Mas sorri. Assim pálida está ver uma rainha brancarana, de olhos negros muito rasgados e cabelos crespos demais. É que teve rainhas nas cinco partes do mundo.

Almoçaram num átimo. Visitar a nova chácara comprada por Sousa Costa adiante de Jundiaí... E no automóvel novo... que gostosura! Entusiasmo das meninas. Carlos quase feliz. Os pais se sentem bons.

– Tem alguma coisa, Fräulein?

Ela meio que ri:

– Não é... (hesita. Afinal conta:) Mas acontece cada uma. Nós hoje encontramos uma palavra na lição... Sabemos como é em português, porém não há meios de lembrar. Parece incrível, palavra tão comum... E nem eu nem Carlos!

– Mas por que não viu no dicionário?

– Aí é que está: hei de me lembrar. Pois se nós sabemos. (E, como que disfarçando o constrangimento sem motivo:) Não se lembra mesmo, Carlos?

– Naam...

Olhou-o, estava branco branco! Ficara aterrorizado, escutando ela contar o caso. Não sabia por que se amedrontava assim, porém tinha medo, medo terrível. Lhe parecia que a mãe, o pai, as irmãs, os criados, todo o universo conheciam as relações dele com Fräulein... O pobre! falou um "não" empalamado, enquanto se gelava todo.

– Qual é a palavra?

– Você não sabe, Maria Luísa!

– Por que não hei de saber! Se até já falo melhor que você, agora!...

– Você! uma crila...

– Carlos, diga a palavra pra sua irmã!

– Mas... papai... ela não sabe!

– Diga a palavra, vamos!

– Nn... não sei mais...

– É Geheimnis, Maria Luísa.

– Geheimnis... já escutei essa palavra...

– Está vendo! não sabe!

– Mas podia saber muito bem!

– Está bom: deixem de briga e comam!

Apesar de salvo, permanecera em Carlos um eco perto de terror. Se sente mal. Se o pai fosse procurar a palavra no dicionário... tudo perdido! E a vontade por Fräulein, mais do que isso, o desespero por ela cresceu.

Se aboletaram no torpedo. Desta vez Carlos não brigou com Maria Luísa por causa do lugar da frente. Deixou ela sentar-se ao lado do pai que dirigia.

– Não. Ela está com dor de cabeça, pode ficar aí mais no largo. Mamãe! assim você vai muito apertada... Deixe, eu sento no meio.

Dona Laura, seca, acertando o decote da blusa, com rompante:

– Fique nesse lugar. Está bem assim.

Carlos não insiste. Porém carinhosamente passa o braço pelas costas da mãe, e a resguarda. Do quê? Do vento. Ventinho impertinente, gelado.

– Minha filha, agasalhe-se bem. Você devia não ter vindo...

– Ah, mamãe! já estou boa!

Ia me esquecendo... A mão de Carlos roça pelas fazendas de Fräulein, além.

Pois o passeio foi lindo, apesar da friagem. O chacreiro gostava de rosas. Tanta flor já! O buquê oferecido à patroa é sensacional.

– Olhe esta, Felisberto!

– Em janeiro havemos de vir comer uvas!

– É chupar que se fala, papai!

– Mamãe! posso comer mais uma laranja, posso, hein!

– Poode!

O ó sai tão aberto que dá ideia do mais farto e eterno indicativo presente de todos os tempos. Que pai-de-família bom é Sousa Costa! A gente é forçado a reconhecer que Sousa Costa é um excelente pai-de-família. Pater famílias. Dona Laura porém prevê melhor, como a progenitoras convém:

– Mas Felisberto, ela já comeu duas!

– Ora que tem, Laura! deixe a menina!

– Mamãe! só mais uma!... só mais esta uminha!...

– Você facilita, depois fica doente, minha filha!

– Papai! olhe Carlos!

Aldinha vem de carreira e se agarra em Sousa Costa.

– Ele pegou um bicho tamanho e quer botar na gente!

– Quedê ele, hein! me mostre!

– Esse menino...

– Mas papai!... a gente não pode nem brincar, essa linguaruda já vem fazer queixa já! Que enjoamento, puxa!

– Fique sossegado aí!

– Também não vim aqui pra ficar sossegado!

O chacreiro interrompe:

– Senhor Costa, o pedreiro falou que carece dizer adonde que o senhor quer as cocheiras.

– Papai vai ter bois aqui!

– Vou.

– Que bom!

– A gente pode vim tomar leite, não? mamãe...

Dona Laura num desânimo:

– É tão longe, Laurita.

– Que pena!...

– E você está comendo a laranja, hein? Assim mamãe não gosta!

Atrás das árvores:

– Fräulein! Kommen Sie her!

– Warum, Karl? Ich bin etwas müde.

– Kommen Sie! Es ist so sonderbar![10]

– Aonde que você vai, Fräulein!

– Carlos está chamando pra ver uma coisa...

– Eu também vou!

– Eu também! Me espere, Fräulein!

Encontraram Carlos debaixo do carramanchão.

– Também quero ver!

– Que é, hein!

– O que vocês vieram fazer aqui! Ninguém chamou vocês!

Órfãs de pais Laurita e Aldinha desapontam, quase chorando já.

– Não aspereje assim com suas irmãs, Carlos, você me entristece... Mas o que você queria me mostrar?

Olhou pra ela. Um dilúvio de ânsias, desesperanças, machucaram-lhe o rosto de sopetão. E cada vez mais bonita!... Como a deseja! E não pode ser: abraçados ambos, entregues, esquecidos... Aquilo vai acabar, tem certeza disso. Pra esconder as duas lágrimas, curvou o rosto pro peito, dando as costas. Duas lágrimas de raiva. Mente mal:

10. Nota do Autor:

– Fräulein! vem cá!

– Estou cansada, Carlos. Pra quê?

– É uma coisa batuta! venha!

– Voou.

Vai. Longínquo, lento, reto, mãos nos bolsos, cabeça pendente da gola do suéter. Dá pontapés nas pedras. Vai. Fräulein... sensação ruim de abandonada, quase estende os braços. Quase chama o senhor. Odeia Laurita, Aldinha. Dá a mão pra elas maquinalmente e volta. Mas... Geheimnis?... realmente espantada. Sabe a tradução, isso sabe, porém não pode dizer! Por que razão? Estranho... Nota que a boca a língua se amoldam pra rasgar as consoantes da palavra e uma coisa qualquer proíbe. Carlos? Não, não pode ser Carlos, ela imagina. Porém o que será? Se irrita.

Passam das dezessete horas, creio que é tempo de voltar. Só que agora mandam Carlos pro assento da frente, Maria Luísa terá o centro do automóvel, bem agasalhada dos ventos. Diz que piorou. Lhe ardem os lábios, as mãos. Carlos não se incomoda mais, vai pra onde quiserem. Nem uma vez sequer olha pra trás, para a irmã que piorou. Não quer lutar. Sente cansaço na alma. Pra que tanto esforço vão? tudo perdido mesmo! Carlos se entrega à... isso: à fatalidade inexorável do destino.

Chegaram em casa com noite.

– O jantar estará pronto, Laura?

– Quer jantar já?

– Estou com fome. Você?

– Tanaka, pode botar o jantar na mesa.

– Sissenhôra.

– Olhem: se aprontem logo que o jantar vai já pra mesa. Felisberto, você telefona pro doutor Horton.

– Telefono.

– Peça pra ele vir logo.

Se Fräulein for a última a descer, nada mais razoável, vai antes ajudar Maria Luísa a se despir. A menina quase chora, apertando a cabeça. Febre que aumenta, uhm... Coitada de Maria Luísa! Mas Carlos, por que não aparece? Todos já estão assentados.

Quando Fräulein vem descer a escada, ele está ali, machucando as unhas na parede. Emaranha-a nos braços impacientes.

– Carlos...

– Dá um beijo!

– Não faça ass...

São muitos beijos, dolorosos, quase sem prazer.

– Me largue.

– Mais!

– Podem ver...

Estaca. Expressão de quem triunfa. A mesma nele.

– Carlos, venha jantar! Chame Fräulein!

Os dois exclamam duma vez, sem a surdina que abafara o diálogo anterior:

– Já sei!

Silêncio curto. Um espera que o outro fale. E juntos:

– É segredo!

Rindo muito, descem pra jantar. Fräulein anuncia que afinal descobriram a palavra, Geheimnis quer dizer segredo:

– Foi ela que achou!

– Eu só não, Carlos. Fomos os dois.

E ambos têm uma desilusão, palavra tão sem significância! Fräulein se admira de não ter dado com ela mais cedo, come calmamente. Carlos acha agora que não tinha razão pros terrores do almoço e do dia, come satisfeito. Nunca ninguém descobrirá! Sousa Costa, não sei, porém me parece que teve uma intuição genial: olha malicioso pros dois.

– Uma gripezinha... bastante forte... Muito cuidado sobretudo. Não tem importância. Mas, pra que o senhor não leva ela pra um clima mais quente... Rio de Janeiro, Santos...

Gripe danada. Apanhara-a naquela tarde fria, brincando de família com as irmãs.

O brinquedo durava fazia uma hora quando Carlos veio, desmanchou a comidinha e machucou o sentimento das meninas. Fez mal. Isso não posso discutir: Carlos fez mal. Se chegasse porém no princípio da família, teria escangalhado tudo do mesmo jeito, porém Maria Luísa não apanhava a rebordosa. O raciocínio me deixou consternado, não devia tê-lo feito, é imoralíssimo. Mas também agora a minha consternação é inútil, não adianta nada.

A dos Sousa Costas bem mais razoável, permite acentuar o lado bom daquela gente e uma linda união familiar. Brasileira. Portanto registremos com largueza: estão consternados com a doença de Maria Luísa: Sousa Costa pai, dona Laura, Carlos, Laurita, Aldinha. Não: Fräulein também. E Tanaka e a criada de quarto. A cozinheira e o motorista. Nem assim o rol se completa. O próprio lar, paredes, janelas, vocês repararam como as luzes vivem menos impetuosas agora? as plantas, a comida... Consternação geral.

Sousa Costa caminha léguas, do vestíbulo até a porta do quarto da filha. E como anda silencioso! ele que pesa nos passos fortes, bem gozados... Lê que todo o lote novo de novilhas foi inscrito no Herd-Book sem rejeição duma só. Bota a carta no bolso ou deixa na escrivaninha. Diabo! aonde botei essa carta! dirá quando puder gozar com ela. A carta existe. Porém não sabe o que conta e aonde pôs. Se lhe telefonassem do clube? do clube, avisando que. Ora deixemos de imoralidades! Sousa Costa nunca teve aventuras, nunca mais terá aventuras, todos os sacrifícios, porém que minha filha sare!... Sousa Costa pensa em Deus.

– Ela dorme.

– Sossegadinha?

– Está. Decerto agora vai melhorar.

A resposta veio de Fräulein, sentada junto à porta do quarto de Maria Luísa. Quem ajuda a moça nos serviços de fora do quarto? É Carlos, sempre solícito, incansável, esperando as ordens cumpridas num átimo.

Dona Laura, a pobre! sentou-se na cadeira de balanço do hol, agarrada nas filhas menores. Assim pensa que Maria Luísa sarará depressa, com as lágrimas maternas e suspiros arrancados quase sangrando, Deus nos ajude! E os pensamentos de dona Laura sobem ao até pra céus muito vagos e rezam de mistura pra Nosso Senhor, santa Maria Luísa e o Coração de Maria que é a igreja mais perto. E fica assim panema, calmando as pecurruchas. Estas, de tanto abrirem os olhos na expectativa medrosa, esqueceram o jeito de fechar as pálpebras. Quatro pupilas dum branco azul rolando nhampans no hol.

– Mamãe, será que está doendo muito pra ela?

– Não! minha filha...

– Eu não queria que Maria Luísa sofresse, mamãe...

– Mamãe! posso dar a minha boneca de celuloide pra Maria Luísa, posso!

– Pode, minha filha.

– Mamãe, quando que eu posso ver Maria Luísa, hein?

– Mamãe, mas depois você me dá uma boneca de louça pra mim?...

Clave de fá:

– Minhas filhas, vocês estão amolando sua mãe!

– Como vai ela!

– Sossegadinha. Está muito melhor.

Carlos, zuúm! que nem bala, montado no corrimão.

– Não lhe falei que não montasse mais no corrimão!

– Pra não fazer bulha, papai! Ela acordou! Está com uma bruta sede! Fräulein falou pra você fazer um chá!

E dona Laura se transfigura. Junto da doente, morrem todas as coragens dela, se põe chorando amalucada, quer se mover e não atina com o que vai fazer. Porém sabe fazer chás! Ah! nenhuma das mães desse mundo bem doloroso fará mais perfeito o chá de canela ou de erva-cidreira! Dona Laura parte alvoroçada, triunfante.

– Como vai nhã Maria Luísa?

– Está melhor, Matilde, obrigada.

– A senhora pode deixar eu preparo o...

– Eu faço o chá!

Não se ofenda, Matilde, mãe com filha doente não pensa em ares de boa educação. Está certo. Dona Laura volta com a mais carinhosamente preparada das pussangas, sobe as escadas exaustivas, faz questão de levar, ela mesma! a bebida pra Fräulein. Só pra Fräulein, que na porta do quarto lhe amolecem as pernas, fica boba, os olhos se cegam de lágrimas.

– Ela vai bem, dona Laura. Mais alegrinha até. E quase sem febre.

– Deus lhe ouça, Fräulein! Eu espero a xicra aqui, não tenho coragem pra ver minha filha sofrer!

E espera recurvada. Qual! assim não pode ser! enrija o corpo, lhe riscam fuzis de temeridade no olhar novo, entra no quarto.

– Minha filha! está melhor!

Maria Luísa tira da porcelana as fitinhas brancas dos beiços e sorri no martírio. Dona Laura petrificada. O vidro fosco da brancarana a espaventa, pensa que a filha vai morrer. Recebe a xícara quase sem gesto. Enquanto Fräulein ajeita de novo a doente nas cobertas, dona Laura parte sem dizer nada. Mas outra vez não sabe o que a domina e move, bota a xicra numa cadeira qualquer, vem ajoelhar junto da filha, rosto a rosto, filhinha!... Em soluços convulsos, parte arrebatada. Maria Luísa se espanta, primeiro. Depois pretende se rir, que já conhece as manias da mãe. Porém sempre fica essa dúvida...

– Fräulein...

– Que é, Maria Luísa?

– Fräulein, diga mesmo... eu vou morrer, é!

– Que ideia, Maria Luísa. Não vai morrer não. Você já está muito melhor.

Tem uma raiva dessas mães exageradas. Brasileiras. Fala com tão férrea certeza aquele "você já está muito melhor", que Maria Luísa quase sente-se boa. A enfermeira enxuga o rosto da menina, lavado pela manha materna. Dá novo arranjo nas cobertas.

– Carlos.

– Pronto, Fräulein!

– Leve essa xícara que sua mãe deixou aí.

Carlos atira um sorriso de conivência pra Maria Luísa e vai. Escrevi "conivência"... De caso pensado. Conivência é duma exatidão psicológica absoluta. Carlos se mostra alegre, despreocupado, não vê a doença e vai-se embora. O que não é visível, existe?

– Fräulein, fique no quarto comigo.

Não responde. Puxa uma cadeira junto da cama, vê mais uma vez se tudo repousa na ordem. Não, Maria Luísa não carece de mais nada. Senta e abre o livro na marca. Relê *Die Weise von Liebe und Tod*. Se embrenha na melodia deliciosa, pronta a abandoná-la a qualquer momento, sem a mínima impaciência.

São duas semanas de maternidade pra ela. De maternidade integral. Teve momentos em que parecia mãe de todos, talqual o dedo maior da nossa mão. Até de Sousa Costa. Todos pareciam nascer dela, dela se alimentar. Menos Carlos, recalcitrante, com intuitiva repugnância por incestos. Servo, cachorro de guarda isso sim. Nada pedia, sossegara. Porém como servo estava sempre ali, como filho nunca!

Maria Luísa, então, nem podia ver Fräulein se afastar. Não tanto por causa do bem-estar, mas me deixem que afirme: Fräulein era uma certeza de salvação. E sabia se dedicar. Quando preciso o sono se adia pra noites mais desimpedidas. Muito bem. Não direi que ela gostasse da menina, gostava não. Pelo contrário, lhe tinha certa antipatia. Muito natural, pois se raramente adoecia. Porém apresentou-se a enfermeira sonhada: severa, sadia, solícita, pra usar unicamente esses. Maria Luísa fixa os olhos nela, Fräulein lê; Fräulein vela. A doentinha redorme encorajada. Quando acordar trará forças novas. Que coisa misteriosa o sono!... Só aproxima a gente da morte, para nos estabelecer melhor dentro da vida...

Reque... reque... atrás. Fräulein nem se volta, sabe que Carlos vela também. Porém por que não se voltou! Deitada sobre o assoalho, no desvão da porta, a cabeça dele. Isso Fräulein havia de ver. E que dois olhos grandes a adoravam.

Os frios de julho se temperavam mais agradavelmente no Leme, e as brisas salinas, mornas, confortáveis, convidavam pra caminhadas de branco na praia. Plena felicidade pros amantes. Plena? Fräulein dorme no quarto de Maria Luísa. Porém pelas manhãs, depois do banho, esta se deixava ficar no terraço do hotel, quase cansada, num convalescer feliz, desapressado. Então Fräulein saía com as pequenas. Carlos acompanhava as irmãs. Perfeitamente.

Andava-se rápido no começo, pra diante. As crianças corriam, falando alto, discutindo. Que discutiam? Discutiam incansavelmente a força das ondas. A força das ondas. Você está escutando bem? As crianças discutiam incansavelmente, todo santo dia, o ponto da praia que as vagas irão atingir. Por que discutem assim? Por divertimento. Por jogo, brincadeira. Pra adivinhar, só pra isso. E depois ficavam maravilhadas porque erravam. Que bonito! luta infantil, inútil, sem meta... Coisa de muita boniteza, brincalhonas!

Não e não, infelizmente. Nem estavam maravilhadas, nem era inútil o brinquedo. Repare nos olhos de Aldinha, Laurita de lábios trementes.

– Chiii! Laurita aquela!!... Aposto que chega até aqui!

– Não chega!

– Você quer ver como chega!

E vinha o triunfo de Laurita:

– Está vendo!... Eu disse que não chegava!

Por jogo discutem as crianças. Mas também por avidez e briga. Aldinha sentia-se batida e sofria. Muito? Muito. Porém depois gozava com a reflexão: Antes assim! se a onda chegasse até junto dela, meu Deus! teria medo... Antes assim! Ah! Laurita, Aldinha, vosso brinquedo me melancoliza... Vós não brincais por brincadeira, não... Brincais por treino, exercendo em diminutivo a angustiosa adivinhação da existência...

O mar mapiava que nem boca malcriada, lançando o guspe da espuma pro céu. O andar germânico rápido de todo aos poucos se latinizava. O passeio de função virava invenção. Fräulein abaixava a cara. Disfarçava um pudor inexistente com esses modos do pé atingindo conchas entressepultas, pisando o rastro das meninas adiante. E falava de amor. Hoje repisa o assunto da véspera. Carlos carecia de reconhecer que no amor, sem sacrifício mútuo, não tem felicidade nem paz, não é?

Este capítulo dava sempre desgostos pra ela. No entanto estava certa de que tinha razão. E se esmerava eloqüente, não se esquecendo nunca de contar o caso de Hermann e Dorotéia. Porém não impressionava os discípulos. Aceitavam com facilidade, isso aceitavam, concordavam, olhavam pra ela francos, olhos rasgados com o luar da abnegação: ôh! sim! me sacrificar por ti!... E chegava o malentendido. Um menino alemão é possível que entendesse bem, mas estes brasileiros úmidos... Não se lembravam mais da felicidade comum, nem da tranqüilidade do lar. Se sacrificar!... Era o sacrifício por ela, pela amada, isto é pela alma da amada! Isto era o que entendiam estes brasileiros úmidos.

Chegava o instante do exemplo, Fräulein mostrava um sacrifício, um qualquerzinho, primeiro a aparecer, abstinência de prazer por muito tempo, um dia. Caíram na esparrela, tinham que ceder. Numa obediência escolar, imóveis, invernos, tiriricas por dentro. Depois se aproximavam dela, com alguma timidez, não tem dúvida, desapontados, sorrindo. E pediam. Relavam nela, femininos que nem gatos e pediam. Pediam com tanta graça, punham tanta humildade (umidade) no pedir, tanta pobreza... Que tristura sorridente caía dos olhos deles! Porém frágeis implorantes assim, enlaçavam a moça os déspotas. Fräulein se abatia mas recusava. Os déspotas apertavam. Fräulein tinha uma fraqueza. Tão gentil o pedido, tão envergonhado!... Aqueles braços vencedores, ôta! como apertavam... olhos tão cheios dela, entregues... cedia. Seria monstruoso não ceder. Amoleciam-se os braços dela, já pegajosos pro enlace.

Outras vezes emperrava na recusa. Seria monstruoso não recusar. Pois os rapazes se zangavam, meu caro! sim senhor! Falavam alto, soltavam uma porção de bocagens, saíam batendo com a porta. Que escutassem! antes assim, se acabava tudo duma vez! Era a desgraça, o escândalo. Antes assim! Que importava pra eles escândalo, desgraça! Fräulein? Uma... xingavam.

Cedendo ou não cedendo, todas as vezes com a mesma inalterável paciência, ela sofria a mesma inalterável desilusão profissional.

Passeava-se muito no Rio. Esse dia, devido às instâncias do calor, Sousa Costa concordou em tomar parte na alegria da natureza. Tomar parte, não: assitir a. Chamou um automóvel. Vamos fazer a volta da Tijuca!

– Laurita, venha cá. Você também, Aldinha. Olhem: mamãe vai fazer uma visita com papai, demora um pouco. Por isso vocês vão com Marina passar o dia na casa de Baby e do René, ouviram? Se ficarem bem quietinhas, mamãe traz um presente da cidade pra vocês.

– Mas... mamãe! Maria Luísa também vai na visita!?

– Também, Aldinha. Vamos todos.

– Eu queria ir também...

– Ora! Já está fazendo feio já! Assim mamãe não gosta!

– Ela traz um presente pra você, Aldinha!

– É! Porque você vai, sabe!... É passeio, agora!...

– Ôh, Laurita, então eu te enganava assim! É visita, juro!

– Deixe eu falar, Maria Luísa! Olhem, minhas filhas, fica muita gente no automóvel. Baby é tão boazinha...

– Mamãe traz uma caixinha-de-música pra mim!

– Trago.

Dona Laura e Sousa Costa se olham, gozando. Caixinha-de-música... É isso: eles sempre acharam que Aldinha tem muito jeito pra música, vive tamborilando no piano... Algum gênio musical decerto... – Laura, é o que te digo: vamos ter uma Guiomar Novais... falava às vezes Sousa Costa. Que gosto pros pais!

– Eu quero um aparelhinho de louça!

– Trago também.

Quais seriam as tendências de Laurita? Porém os pais não se preocupavam muito com as predisposições, ponhamos, artísticas da outra filha. São sempre assim os pais: quando as esperanças se projetam sobre um filho, o resto são sombras mal reparadas. Que vivam, e Deus os abençoe! Amém.

O automóvel foi levar as crianças e Marina, a pretinha. Três quartos de hora depois a bandeira partia. Porém até que os verdes vençam as derradeiras audácias do urbanismo, temos tempo farto pra umas considerações. Todos subiram contentes pro automóvel, satisfeitíssimos. Mas vejo um estirão comprido entre a alegria de Fräulein e a desses brasileiros. Fräulein estava alegre porque ia se retemperar ao contacto da terra inculta, gozar um pouco de ar virgem, viver a natureza. Esses brasileiros estavam alegres porque davam um passeio de automóvel e principalmente porque assim ocupavam o dia todo, graças a Deus! Sem automóvel e estradas boas jamais conheceriam a Tijuca. Fräulein iria mesmo marchando e de pé-no-chão. Esses brasileiros iam levar o corpo se gastar. Fräulein ia levar o corpo ganhar. O corpo desses brasileiros é fechado, o corpo de Fräulein é aberto. Ela se igualava às coisas de terra, eles se resguardavam indiferentes. Resultado: Fräulein se confundia com a natureza. Esses brasileiros sofreriam o gosto orgulhoso e infecundo da exceção.

Ponhamos Carlos de lado, o caso dele é mais particular. Está contente porque Fräulein está contente. O alegra estar junto da amante, só isso. E amor satisfeito, entenda-se, senão dava em poeta brasileiro. Carlos desconhece a Tijuca. Depois do passeio continuará desconhecendo a Tijuca. Em última análise pra Carlos como pra esses moços brasileiros em geral: A Tijuca só é passeável com mulheres. Se não: pernada besta. Ora pinhões! ver árvores e terras... Se ao menos fossem minhas... cafezal...

Fräulein parecia uma criança. Criança brasileira? Não, criança alemã. Diante da natureza, eu já falei, o alemão também tem as suas admirações. Dava risadas, se virava pra olhar mais uma vez as vistas que ficavam atrás, voltava temendo perder as novas que passavam. Mil olhos tivesse, gozaria por mil olhos mil vezes mais. Aliás mesmo que fosse feia a paisagem, gozaria da mesma forma. Era o contacto da natureza que sensualizava Fräulein, mais que o gozo das belezas naturais. Nem criança! animalzinho. Potranca na invernada, ema, siriema, passarinho. Os outros olhavam pra ela espantados quase escandalizados. Ridícula, não?

Menos Carlos. Carlos se sentia orgulhoso e sorria, amparando com os olhos a feliz. Como era bonita e dele só! Ela fremia. Ela vibrava e se entregava inteira aos enlaces faunescos do cheiro e da cor. Que se mostrasse assim amante corajosa, desavergonhada e confessada da terra, Carlos não tinha ciúmes. Era inteiramente normal, nós sabemos. Desprezava os sentimentos sutis.

Porém eu escrevi que Fräulein era o guri do grupo... Depois corrigi pra animalzinho. Estou com vontade de corrigir outra vez, última. Fräulein é o poeta da exploração. Exclama assombrada ante as águas que escachoam desabridas em arrepios de dor, com as entranhas varadas pelas itás guampudas. Porém logo deixa de olhar a Cascatinha, pra se extasiar diante dum arbusto. Aplaude a velocidade dos cipós. Crédula, escruta o canto misterioso, donde no meio dos troncos a sombra botou o olhar. Mas que lindas folhinhas verdes! olhe, Carlos! Carlos! que distração essa! Olhe! parecem envernizadas!

Depois teve um susto sincero nas Furnas. E verdadeiramente viu anões, duendes vadios. Alberico avançou pro colo dela a mão dum cacto, erriçada de unhas verdes, murmurou:

– Carlos...

– Estou aqui, Fräulein!

– Não faça assim! podem ver...

– Ficaram no automóvel... Ninguém vê!

– Assim não! é capaz de ter alguém por aí...

E tinha. O murmulho das águas gargalhou um "brekekekex" fanhoso e o monstro repelente surgindo da grota espiou a moça, como em Hauptmann.

– Que é isso, Fräulein! estou aqui!

Se ria envergonhada.

– Olhe aquela pedra! Que frio não? Carlos...

Ele nada via de admirável na pedra, admirou Fräulein. O próprio frescor, ele o gozava sem saber. Carlos apenas protegia a amada, era dever. Quedê os encantos da natureza? o zigue-zague dos ramos, o segredo das socavas? Carlos protegia apenas a amada dele. Muito bem.

Voltaram silenciosos pro automóvel, que o motorista fora chamá-los. Maria Luísa, curiosa daqueles sempre-juntos, que estariam fazendo? pretextara aborrecimento. Sousa Costa, de combinação com a filha, mandara chamar os dois. Isso também era demais, nas barbas dele!...

– Também, Laura, você devia ter trazido qualquer coisa, sanduíches... bolachas...

– Ora essa, Felisberto! Nós passamos na cidade, você podia ter comprado!

– Tudo eu, arre!... o que vocês ficaram fazendo lá dentro!

– Nada, papai, vendo! Você não sabe o que perdeu!

Se Sousa Costa explodisse, explodia ali mesmo. Mas porém era filósofo brasileiro, sabia que a explosão prejudica inda mais a brasilite que os trastes do arredor, olhou pro filho com uma raiva.

O automóvel debralhou. Mas nem os cabelos de Fräulein estavam mais despenteados que na véspera ou no dia seguinte. E sempre a mesma escandalosa, faladora, deslumbrada. Olhe a volta que nós fizemos! Eu morava aqui toda a minha vida! Será que Carlos não? Sousa Costa concluiu que não. Sorriu, chamou o filho de bobo e se acalmou, já reconciliado consigo.

Até dava dó tirar Fräulein do Excelsior. Felizmente os assentos do automóvel são tão cômodos. Dona Laura bocejava refarta.

Mandou chamar os sempre-juntos. Carlos veio correndo.

– Você chamou?

– Meu filho, vamos embora! Suas irmãzinhas estão esperando...

E Carlos enfim confessou a piedade desses brasileiros:

– Ah, mamãe... deixe Fräulein olhar mais um pouquinho!

– Parece que ela nunca viu uma vista bonita, coitada!

– Também na Alemanha é só neve.

– Não é, papai! E o Reno é tão cutuba! as florestas! Em Hamburgo tem um jardim zoológico que é o mais bonito do mundo! tem de tudo! E Berlim então?... Aposto que você não sabe o que é Friedrichstrasse!

– Ora, é uma rua!

– Ninguém perguntou pra senhora, Maria Luísa! Deixa sim, mamãe?... Vou subir outra vez!

Encontrou Fräulein acabrunhada, com vontade de chorar. A luz delirava, apressada a um vago aviso de tarde. Era tal e tanta que embaçava de ouro a amplidão. Se via tudo longe num halo que divinizava e afastava as coisas mais. Lassitude. No quiriri tecido de ruidinhos abafados, a cidade se movia pesada, lerda. O mar parara azul. Embaixo, dos verdes fundos das montanhas uma evaporação rojava o escuro das grotas, e o Corcovado, ver um morubixaba pachorrento, pitava as nuvens que o sol lhe acendia no derrame.

Fräulein botara os braços cruzados no parapeito de pedra, fincara o mento aí, nas carnes rijas. E se perdia. Os olhos dela pouco a pouco se fecharam, cega duma vez. A razão pouco a pouco escampou. Desapareceu por fim, escorraçada pela vida excessiva dos sentidos. Das partes profundas do ser lhe vinham apelos vagos e decretos fracionados. Se misturavam animalidades e invenções geniais. E o orgasmo. Adquirira enfim uma alma vegetal. E assim perdida, assim vibrando, as narinas se alastraram, os lábios se partiram, contrações, rugas, esgar, numa expressão dolorosa de gozo, ficou feia.

– Fräulein...

Abriu lentamente uns olhos alheios. O desconhecido estava perto dela. É Carlos. Ahn. Sorriu. Numa cidade escura da Alemanha... Ele entrava de...

– Vamos, suspirou. Mas precisava de se retomar. Venceu a melancolia. Vieram descendo muito alegres, falando alto.

– Senhor Sousa Costa, eu nunca vi coisa mais linda em minha vida! ôh, muito obrigada!

Sousa Costa sorriu pra ela, paternal.

– De fato, Fräulein... É uma beleza.

O automóvel em disparada rolou pelas ladeiras, se lançou nos abismos a pique sobre o mar.

– Se caíssemos...

Carlos protegeu logo:

– Não tem perigo, Fräulein!

– Que bonita ilha! Dona Laura, repare no mar! Ficou negro de repente! Nós estivemos lá em cima!

Numa das voltas olhando pra trás, viu a montanha curvada, com o sol lhe mordendo as ilhargas. Era Loge, deus do incêndio... As montanhas desembestavam assustadas, grimpando os itatins com gestos de socorro, contorcidas. Loge perseguia as medrosas, lambido de chamas, trinando. Fräulein escutou um xilofone, o tema conhecido. E o encantamento do fogo principiou para Brunilda.

O último ponto de parada foi a gruta da Imprensa. Fräulein desceu na frente, saltando os degraus rápida. Carlos seguia:

– Você cai!

Dona Laura nem se erguera do auto mais, pensava nas filhinhas. Sabia que os Camargos eram amigos, porém filhas não se emprestam pra ninguém, devem ficar junto das mães, não é verdade? Sousa Costa passeava na estrada. Aproveitava o descanso pra fumar. Maria Luísa inda na monotonia da fraqueza, descera as escadas também. Observava o fundo da gruta, pensando interrogativa nos tombos por ali.

Fräulein estacara devorando pela moldura das arcadas o mar. A tarde caía rápida. A exalação acre da maresia, o cheiro dos vegetais... Oprimem a gente. E os mistérios frios da gruta... Tanta sensação forte ignorada... a imponência dos céus imensos... o apelo dos horizontes invisíveis... Abriu os braços. Enervada, ainda pretendeu sorrir. Não pôde mais. O corpo arrebentou. Fräulein deu um grito.

Juruviá, juruviá duma vez. Semicerrara as pálpebras, uma ruguinha espetada na testa. Nem enxergava mais a vista sempre nova das águas, das montanhas. Praias largas enfim.

Tinham se assustado muito, dona Laura quase desmaiara, Sousa Costa correra. Viu a filha rolar pelos rochedos, ferida se debatendo, minha filha! O mar a engoliu. Maria Luísa inda estava pálida. Tremia. Só Carlos rira muito. Não compreendera nada, porém achara sadiamente muita graça naquilo: onde se viu dar um grito assim, sem mais nem menos! que impagável!... Agora olhava pra Fräulein de esguelha, inquieto com o burro da amada. Ela nem agradece tanta irmandade. Passaria muito bem sem ela. Mas já se preocupa em comercialmente jugular uma raiva por esses brasileiros.

Houve apenas um instante de sossego quando o pulman principiou gemendo, o trem partia. Então, depois de mais uma olhadela para ver se todos estavam mesmo ali bem garantidos, dona Laura se lembrou que era senhora de sociedade. Ergueu um pouco o busto, recolheu o ventre pra caber melhor dentro da cinta e tentou guardar os fiapos de cabelos que lhe choviam pelo rosto, pela nuca, orelhas. Deu um suspiro de alívio, como trabalhara!

Na verdade não trabalhara coisa nenhuma, Fräulein é que fizera tudo. Marina, a pretinha, era inútil nos seus quatorze anos de sonho. Sousa Costa, esse fazia só pagar, pagar era com ele, ninguém mais calmo pra sacar a carteira do bolso e dar gorjeta boa. Mas o resto, não entendia dessas "coisas de mulher". Fräulein fizera tudo e, por felicidade, sem nenhum acidente. As malas estavam todas despachadas, e maletas, bolsas, sacos de viagem, os filhos, luvas, luvinhas, chapéus, Marina, Felisberto, Fräulein, a cesta com as sanduíches das crianças, tudo estava ali. Dona Laura deu um último arranjinho no decote pequeno que já estava despencando pra direita e ficou feliz. Fräulein ia sentada bem na frente dela. As crianças menores junto de ambas, já encarapitadas, amarfanhando os guarda-pós dos bancos de couro falso, olhavam pelas janelinhas abertas.

– Cas... Cascadura! Mamãe! a estação se chama Cascadura!

– Já sei, Laurita, fique quietinha, viu!

Sousa Costa baixara o jornal com o grito de Laurita. Mas se riu, a filha já estava lendo tudo. Dona Laura ficara meia incomodada porque diversas pessoas dos bancos da frente tinham se voltado com o grito da menina. Olhou o marido e sacudiu a cabeça, desaprovando. Mas Sousa Costa já mergulhara no jornal, sentado fronteiro à mulher, do outro lado do corredor central do vagão, com o resto do pessoal miúdo. Carlos, junto do pai, defrontava Maria Luísa.

Em frente de Sousa Costa, a pretinha Marina, imóvel, se agarrara com as duas mãos no banco, estarrecida, boca aberta, olhos esbugalhados, gozando. Como tinham ido ao Rio pelo noturno, esta era realmente a primeira vez que enfim Marina viajava de trem, a sua maior aspiração. Automóvel jamais a interessara, era canja, não tinha apito. Mesmo pra ir da casinha dela, na chegada de Jundiaí, para a vila Laura, foram buscá-la na fiat, não tinha apito. E nos seus quatorze anos, Marina guardava aquele desejo eterno com que, todos os dias de sua já longa vida, espiava os trens, trepada no barranco, os trens sublimes passando. A casa do pai dela, carapina em Jundiaí, era justo numa curva de apitar, e o apito nascera dentro dela como a suprema expressão da dignidade dos veículos.

Só uma coisa Marina ainda achava superior ao trem: ter dor de dente. Chegara a rezar a Deus pedindo que lhe mandasse uma dor de dente, nem que fosse uma dorzinha só, bem pequenina, porque achava muito lindo a gente andar com um lenço vermelho amarrado na cara. Achava lindíssimo. No tempo em que morava com a família, chegava a chorar de escondido, porque o Dito andava sempre de lenço amarrado na cara, maravilhoso, já todo banguela de tanto dente arrancado com dor. E ela com aquela dentadura branca, alvinha, sem uma dor... Chorava.

Laurita soletrava sempre:

– Ba... Bângu! Mamãe! essa é Bângu!

Maria Luísa se inclinou assanhada:

– É Bangu, Laurita! que boba!

Carlos caiu na risada. Também ele vinha se divertindo muito com a viagem de trem, era tão raro. A notícia da volta pra casa o pusera um dia inteiro excitadíssimo: Fräulein. Andou tomando uns ares circunspectos de homem. Nessa manhã, aproveitando um momento de sozinhos, dera um abraço tão encostado em Fräulein que ela se sentira enrubescer. Mas agora a viagem o distraía muito. Comprara uma revista pra imitar o pai, quisera ler, mas não sabia mesmo fingir. E as revistas já estavam com Maria Luísa, essa sim uma senhora, bem arranjadinha, com muita compostura ver Fräulein, de luvas, lendo sinceramente.

O trem já ultrapassara os subúrbios cantados por Laurita e desembestava aos pinchos mundo fora. O céu estava nublado mas a pequena fresca da manhã já se fora. Por detrás das nuvens baixas havia um sol violento queimando. O ambiente era de luz crua, clara demais, e os olhos semicerravam batidos por uma poeira fininha, augustiosa, implacável, aveludando tudo repulsivamente. Todos os passageiros já tinham fechado as janelas, e vinham incomodadíssimos com as conservadas abertas por aquela família. Alguns viajantes dos bancos de trás se limpavam com estrépito, pra dar a perceber, indignados. Fräulein percebeu e falou baixinho com dona Laura. Esta, meu Deus! essas crianças! fez um gesto aflito e ralhou com o marido:

– Felisberto, feche essas janelas, faz favor! Veja que poeira!

Ele deixou a leitura, ia se erguendo, mas o trem deu um daqueles trancos da Central, todos se viram atirados de banda, e Sousa Costa foi parar em cima de Fräulein.

– Desculpe, Fräulein.

Carlos já fechara a janelinha do seu banco, mas não quis fechar a de Maria Luísa, feche você! Fräulein olhou-o. Ele encabulou muito, se ergueu, não! não se ergueu! Fräulein não manda em mim! mas foi se erguendo com má vontade, apertou a perna de Maria Luísa e fechou a janela. Sentou emburrado e mergulhou na revista só de pique.

Laurita chorosa deixava que Sousa Costa fechasse a janelinha:

– Ah! papai!... Assim não posso ler o nome da estação!

– Você lê pelo vidro, Laurita.

– Ah, não sei ler pelo vidro, pronto!

Aldinha não, nem se incomodou. Ajoelhada no banco, olhando os passageiros de trás, pelo espaldar que mal atingia, estava muito entretida em dar risadinhas para um menino quieto que vinha junto da mãe, no banco do outro lado. Era uma senhora norueguesa viajando com o filhinho de seis anos. No princípio ela sorrira no prazer instintivo de olhar a carinha gostosa da menina, mas depois ficara inquieta. Aldinha ria pro menino. O menino, muito agitado, não sabendo se podia rir também, consultou a mãe. Esta o maltratou com o olhar duro. E o pequeno voltara à imobilidade da boa educação, olhando pra frente muito. Mas lhe dava aquele desejo de ver se a menina estava se rindo pra ele, jogava muito rápido, muito atemorizado um olharzinho pra ela. E Aldinha ficava cada vez mais apaixonada.

A norueguesa fez um gesto de calor pra disfarçar, e trocou de lugar com o filho. Mas o trem pulava tanto que o menino se erguendo batera com a cabeça no banco da frente. Sentou chorando mudo. A norueguesa olhou com ódio pra Aldinha, e Fräulein, assim viajando de costas, captou o olhar da outra. Ficou envergonhada, aliás tudo a envergonhava naquela viagem brasileira, e tratou autoritariamente de fazer Aldinha sentar. Mas as crianças, com os pais ali, não obedeciam.

Aldinha sentara com maus modos, em cima duma perna, só pra não ficar direito. Mordida pela vontade de espiar o menino, principiou balanceando sobre a perna dobrada, pra se distrair. Um salto-mortal do vagão atirou-a em cima da mãe, ia caindo, Fräulein agarrou-a a tempo, Sousa Costa se ergueu para acudir, e nova guinada do vagão o atirou em cima de Fräulein outra vez. Agora machucou bem. Dona Laura assustadíssima. A negrinha botara a mão na boca pra não gritar, estarrecida. Maria Luísa, Carlos, Laurita, todos olhando inquietos. Sousa Costa, ah se pudesse matar! mastigava as sílabas, morto de vergonha:

– Fräulein... desculpe: este trem!

Laurita ficou com sede e queria água. Aldinha, muito desapontada com o sucedido, se lembrou de pedir também alguma coisa e inventou comer. E bateu uma enorme fome nela. Meia chorosa:

– Mamãe... tou com fome!

– Minha filha! meu Deus! é tão cedo!...

Laurita com a ideia de comer se virara espevitada. Carlos também. A negrinha também. Maria Luísa também. Só que desceu a revista dos olhos pra ver a solução do pedido, mas logo se lembrou que era gente grande, ergueu a revista depressa, escondeu os olhos, sem ler, escutando o que a mãe resolvia. Batera uma fome catastrófica no pessoalzinho.

Dona Laura ficou completamente aflita. Não era ela quem tiraria a cesta do lugar nem faria coisa nenhuma, porém a paralisou um desânimo tamanho, que calor!... Olhou pra Fräulein, que baixou os olhos sem consentir. Ainda não era hora de dar sanduíche às crianças, tinham almoçado fartamente ao partir. Aldinha gemia, quase chorando já.

– Eu queria sanduíche...

E olhava Fräulein de soslaio, sentindo um gostinho em machucar a governante. Dona Laura angustiada procurou os olhos de Sousa Costa. Ele sacudiu a cabeça muito contrariado, mexeu os ombros, com um ar de "o que se há de fazer, Laura!". Mas ficou imóvel, temendo desagradar Fräulein já tão machucada.

– Eu também quero!

Fräulein custou não tirar os olhos do chão e censurar Laurita. Mas a partida estava perdida mesmo. Resolveu sair daquele beco, mas só de irritação. Fez um sinalzinho a Carlos que não esperava outra coisa. Ele se ergueu com presteza, foi tirar a cesta do porta-maletas do alto, veio, se desvencilhando elástico dos trancos do vagão, depor a cesta no colo da amante. Que ternura teve por ela então! sentou a perna na guarda do banco, chegando muito pra encostar:

– Eu distribuo, Fräulein.

Dona Laura, acalmada, desejava se reconciliar com a governanta:

– Fräulein, por favor, dê só uma, ouviu?

– Uma só não quero, é pouco!

– Laurita!

Maria Luísa não agüentara mais consigo, pusera a revista no colo, espiando a distribuição com avidez. Aldinha no chão, agarrada na saia de Fräulein por causa dos solavancos, espiava as sanduíches sem poder nem respirar de ansiedade. Nem bem pegou a que Fräulein lhe dava, arrancou outra da cesta, se esgueirou sem noção do perigo...

– Aldinha!

– Meu Deus!

Sousa Costa ainda estendeu os braços pra ver se alcançava a filha. Ela atirada, batendo-se, foi cair no colo da norueguesa que a salvou. Aldinha, inconsciente do tombo frustrado, estava era triunfante, sorrindo, oferecendo a sanduíche amassada ao namoradinho. O menino olhou pra mãe bestificado. Todos tinham se erguido com o susto e sacolejavam ao vendaval, menos dona Laura, coitada, que num esforço hercúleo ainda estava se desatarraxando do assento, pra se voltar e ver o desastre horrível. A norueguesa, sustentando sempre Aldinha com uma das mãos, varria do colo as migalhas de pão, de queijo. Foi um minuto de angústia absoluta. Sousa Costa, envergonhadíssimo outra vez, já segurava a filha, tentando trazê-la consigo. Mas Aldinha forcejava, triunfante sempre, falando:

– Coma, menininho!... é booom!

Afinal a norueguesa falou qualquer coisa com o filho que se levantou, roxo de timidez, estendeu dois dedos, agarrou a sanduíche e murmurou não sei o que lá. Aí a mãe sorriu, falando de novo. O menino repetiu em português certinho, devagar:

– Muito obrigado.

Aldinha arrastada pelo pai, olhando pra trás, queria ficar lá. Dona Laura e Sousa Costa, no íntimo, estavam satisfeitos com o desprendimento da filha. Não há dúvida que lhes assustava muito o recato essas simples aparências de contágio com desconhecidos, mas enfim a estranha era visivelmente uma senhora distinta.

Fräulein até sentia vontade de chorar. Meio que esquecera a distribuição das sanduíches, perdida nos seus mundos, cestinha fechada. Laurita comendo, voltara a esperar tabuletas que pudesse ler. Maria Luísa não sabia ocultar mais a impaciência, e Marina, pela primeira vez, saía do seu estarrecimento, se mexendo no lugar, lambendo os beiços. Carlos ficara desapontado por não receber uma sanduíche também, mas já desistira, não tinha fome nenhuma. Percebeu que Fräulein estava sofrendo e se tomou de ardor por ela. Quase a abraça no pretexto de erguer a cesta pra guardar e lhe roça a mão no seio. Fräulein sobressaltada sente-se nua no vagão, dá um gritinho, agarra a mão de Carlos com terror.

– Vou guardar a cesta, Fräulein!

Ela, inteiramente desarvorada, fala por falar!

– Você também quer uma!

Carlos fica no ar, aceita? recusa? estava com tamanha fome! Se salva:

– Papai, você quer uma!

– Não.

E quem salvou foi Maria Luísa que não se conteve mais:

– Me dá uma... pra exprimentar...

Então Fräulein abriu a cesta devagar, remoendo os gestos, parecia muito calma, tirara a mão de Carlos dali. E deu sanduíches. Deu, era pra dar, não é? deu, deu pra Maria Luísa, deu duas, deu pra Marina que ficou sufocada de comer na frente dos patrões, deu, ara, Carlos também devia estar querendo, uma criança afinal... naquela idade alemão é criança... deu.

Carlos ainda teve ímpetos de recusar, homem não come sanduíche no trem.

– Você também não quer, Fräulein?... implorou.

– Agora não, depois.

E um tranco horrendo atirou-o com cesta e tudo para o lugar dele, que calor!... Mas não se podia abrir uma janela. Se a poeira espessa abafava o ambiente, sujando de pardo qualquer suor, janela que se abrisse, principiavam entrando no vagão os carvõezinhos que a máquina enviava a todos, e tudo se pontilhava de preto. Alguns vinham incandescentes ainda, queimando em quanta fazenda pousavam. Agora Aldinha pedia água. Dona Laura tinha um sulco no rosto porque limpara o suor empoeirado. Fräulein quis avisar mas não avisou. De raiva.

– Barra Mansa! Mamãe... como que era a outra Barra que eu falei!

– Que barra, minha filha?

Dona Laura não podia de calor. Abrira mais um botão da blusa, só mais um, mas o trem sacolejava tanto, agora é que as fazendas não paravam, despencando pros lados. Fräulein estava despeitadíssima, com aquele rego de dois seios imensos bem no nariz dela. Laurita, gritando pra se ouvir naquele estardalhaço de ferragens:

– Ara, aquela estação! eu falei que era Barra não sei do quêe!...

Houve uma rápida inquietação na família, ficaram dolorosamente envergonhados. E com efeito alguns passageiros sorriram, era visível que sabiam que Barra era. Mas ninguém na família se lembrava mais, não tinham prestado atenção. Só a pretinha, que escutava tudo, devorava tudo, decorava tudo. De repente deu o riso esganiçado, botou a mão na boca assustada e gritou sem querer:

– Ih... Barra do Piraí!

– Como que é, Marina!

Todos a olhavam agora. Isso Marina caiu numa gargalhada de "ih-ihs" histéricos, que não parava mais.

– Diga, Marina! não seja boba!

Mas a pretinha não podia mais de vergonha, se ria, se ria, contorcia-se toda, botando agora as duas mãos espalmadas na frente da cara. Sousa Costa estava indignado. Foi preciso dona Laura entrar com toda a autoridade dela:

– Marina, que é isso! Diga o nome... pra Laurita!

A pretinha abaixou as mãos, ficou muito séria, estarrecida mesmo, com os olhos brancos, esbugalhados, tomando a cara toda. Falou devagar, estatelada, num sério de quem ia morrer:

– Barra do Piraí?!

Como que interrogava, assombrada de saber. Todos sossegaram e Laurita voltou a olhar a paisagem, enquanto duas lágrimas grossas rolavam pela cara da pretinha.

Pois foi nessa viagem que se deu a anedota famosa, dessas que ficam recordadas sempre nas famílias feito troféu. Laurita de vez em quando voltava àquela implacável solicitude de gritar a todo o vagão o nome das estações que chegavam. Dona Laura, seios arfantes, arranjando pela milionésima vez o decote despencado, agora não se aguentava mais de calor. Olhou com desespero a vidraça da janelinha fechada. Umas casas, casas escoteiras, sem arruamento, se ajuntavam cada vez mais numerosas na paisagem. A sufocação de dona Laura pressentiu que o trem diminuía a marcha aos trambolhões. Decerto alguma cidade maior... iriam parar mais tempo e se abriria as janelas pra arejar o vagão... E na espera ansiosa, pra que foi que dona Laura se lembrou de perguntar a Laurita o nome daquela estação! Laurita encostou o rostinho na vidraça, gloriosa de prestar um serviço à mãe. Mas gritou no estardalhaço:

– Não se enxerga, ainda... Já falo, mamãe! e amassava o nariz contra o vidro. Sousa Costa, com medo de algum fracasso da filha, espiou em roda. Vários viajantes esperavam também, abatidos, alguns se erguendo, sorrindo com paciência. As casas agora já chegavam arruadas, lerdas. O trem parava aos pedaços. Laurita gritou:

– É... é Mi... Mi-quitó-rio! Mamãe! é Miquitório!

Dona Laura, Fräulein se sentiram morrer. Mas desta vez Sousa Costa, perdido por completo o controle, se ergueu, iria bater na filha. Fräulein meio se levantou pra salvar o decoro, buscando evitar a palmada. O trem parou num tranco e os dois, Fräulein com Sousa Costa abraçados, afundaram nos peitos de dona Laura. Sousa Costa enojado se desvencilhou num tempo, deixando Fräulein lá. Ia... O vagão todo se escangalhava de rir, até a norueguesa. De repente Sousa Costa não soube mais o que ia fazer. Xingar a Central do Brasil? jurar que nunca mais viajava de trem? Dona Laura, com ar de muito machucada, arranjava o decote. Pedir desculpas? bater na filha, isso nunca! jamais Sousa Costa havia de pôr a mão num filho. E como um bólide tenebroso veio surgindo dentro dele, veio engrossando, Laurita era filha dele! o bólide já estava estrondando dentro dele, não sabia, um desespero gigantesco e lusitano de desatravancar a vida numa piada bem grossa, se igualar à filha, se igualar ao impudor dela, rirem assim duma criança, ela era inocentinha, o bólide já se desfazia sem arrebentar, Sousa Costa desanimou duma vez. Sentou. Teve um desejo vago de sentar pra sempre. E falou muito queixoso:

– Não é Mictório não, minha filhinha... é Taubaté.

Na volta do Rio recomeçaram os encontros noturnos, que bom! Carlos evoluía rápido. Fräulein tinha já seus despeitos e pequenas desilusões. Por exemplo: ele demonstrava já de quando em quando preferências brasileiras e outras individuais que contrastavam com a honestidade clássica do amor tese. Tese de Fräulein. Se eu contasse tudo, a verdade, mesmo dosada, viria catalogar este idílio entre os descaramentos naturalistas, isso é impossível, não quero.

Ninguém negará no entanto que Carlos prefere a orelhinha direita da amada pros beijos de após ventura. Tal preferência existe. Nada tinha em Carlos de perverso, isso não, porém, palmilhando as larguezas da repetição, ele já estava se tornando conhecido de si mesmo. Tinha exigências risonhas, por instinto, demonstradas com despotismo calmo, satisfeito, muito seguro de si. Criança ainda e desajeitado, embonecava nele o homem latino, vocês sabem: o homem das adivinhações. Olhem como ele cruza as pernas, ara!...

Fräulein não apreciava essa concepção da felicidade. Os homens alemães, quando não são práticos e animais no amor, guardam sempre um certo jeito de obediência às leis naturais, mesmo dentro do requinte e da exceção. Parece tão natural aquilo neles!... Isto é segredo de alemães. Os latinos nunca atingem tais extremos. Em verdade eles divagam no amor, não acha? O alemão fica. Ponto-final. O latino ondula. Reticência.

E a gente então, os brasileiros misturados... Não acredito nas avataras indianas. Não acredito nessas vidas anteriores em que a gente foi um xeique das Arábias. Entretanto tantanam no fundo do mato... Negros pesados dançando o cateretê. Silêncio grosso de cheiros de cernes, folhas, flores, terra, carnes, queimaqueimados pelo sol. Olhos relampeando na escureza da noite sem sono. Então a imaginativa trabalha.

De primeiro surgiram teogonias fantasiosas, produto das multiplicações pelo Deus inicial. Depois fantasmas, lendas. Destas lendas provieram primeiro os animais, as plantas, as linfas, todos munidos dum poder de além, sacro, quase impossível. A imaginativa tinha aonde manobrar à larga, o deserto era imenso, o deserto das areias, das florestas e das águas. Quando tudo se povoou de milagres, as lendas pariram a casta dos homens ruins e a casta dos homens bons, coisas impossíveis ainda. Dessas divisões vieram as guerras. Guerra ou paz. Tudo pretexto pra cantigas, esculturas, danças. Tinem colares, chacoalham cores vivas, deuses, lendas, artes...

Porém quando não se dorme num mato ou quando a imaginativa não pode mais ultrapassar o recesso das tabas e a terra pisada das ocas, pra assuntar além das picadas, através das embiras, porque agora já se está dormindinho numa cama bem gostosa da avenida Higienópolis (que bem pode ser uma rua do Recife, uma praça de Porto Alegre) quando... meu Deus! a frase está muito longa, comecemos outra:

O brasileiro misturado não carece mais de criar teogonias transandinas, nem imagina descender dum jaboti notável, nem crê nas castas dos homens ruins e dos homens bons, nem nas oferendas votivas, nem na estilização duma efígie divina, nem por enquanto se preocupa com cafezais por plantar, nem mesmo sonha com a roupa nova que o pai lhe dará, pela primeira vez feita no alfaiate célebre da rua Quinze. Tem-sc dezesseis anos e um amor fácil. A gente se levanta. Pé por pé. Chega na porta de Fräulein. Tantã... Dormia, Fräulein? Estou sem sono, vim pra cá.

Porém a imaginativa não abandonou as abundâncias dela, não pense, quer se gastar e faz muito bem. Pra que mais anhangas, jananaíras e batatões? Rudá protege bem os namorados. E estamos na rua do Recife, não tem perigo nenhum, medo pra quê! O velho deve de estar dormindo. Risinho. Até parece que o outro é bobo. Dormir? Tão gostoso amar! Suspiro. E uma boquinha na orelha esquerda de Fräulein. Não. Se prefere a direita, não é a mesma coisa. Por que meu Deus! Por amor da invenção, preferência, livre-arbítrio. Aqui a latinidade se confunde com os índios songamongas e a negralhada relumeante. Deu-se um Fiat, rapazes! Foi criado o mito da orelhinha direita.

Está claro que Carlos não imaginou nada disso. Porém o beijo existe. E pra provar que existe de fato com existência real e não como fantasia literária do escritor, me vi obrigado a ir incomodar os coitados dos negros dançando no fundo do mato ao tantã. Agora todos escutaram o beijo.

Fräulein é que não compreende esse divagar sublimado. Corrosivo, ela pensa. No dia seguinte principia matutando com o desfecho, vem vindo a hora de acabar. Cumpriu a missão dela, o que sabia ensinou. O homem-da-vida e o homem-do-sonho passeiam braços-dados. Quatro contos pra cada um. Vamos tomar um chope. Fräulein sente uma fraqueza, sorri de amorosa. Pobre Carlos, vai sofrer... Vem uma revolta: que sofra! e ela então? Grande Alemanha sem recursos, desmantelada. Tudo rapidamente. Porém permanece um desejo mole pelo rapaz. Talvez a ensombre um arrependimento. O homem-da-vida afirma: Não. E vira o chope.

Mas agora se fala tanto nos sentimentos sequestrados... O subconsciente se presta a essas teogonias novas. Fantasia? Ninguém o saberá jamais. Minha vingança é que Freud não pode ter sensações de tantãs no fundo do mato. Nem pode sentir índios pesados, com dinamismos de ritual, dentro das gâmbias. Aliás nem Fräulein. Por isso é que falando de Carlos fui poeta, inventei. Falando agora de Fräulein, de Freud, de Friedrich, pra usar unicamente efes, endurece-me a pena um decreto de ciência alemã. De ciência alemã. Mas o homem-do-sonho dá um urro: Não! E vira o chope.

Entre Sousa Costa e Fräulein se convencionara desde o princípio que aquilo não podia acabar sem um pouco de violência. A maior lição estava mesmo no susto que Sousa Costa pregaria no coitado. E então lhe mostraria os perigos que nessas aventuras de amor pecaminoso, pecaminoso? correm os inexperientes. Vocês todos já sabem quais são. Isso divertira muito Sousa Costa, representar a cena lhe dera um gostinho. Sousa Costa queria muito bem o filho, é indiscutível, porém isso de amores escandalosos dentro da própria casa dele lhe repugnava bastante. Não é que repugnasse propriamente... fazia irritação. Está certo: irritava Sousa Costa. O filho era dele, lhe pertencia. Que se entregasse a uma outra e ele sabendo, teve ciúmes, confesso. Se sente como que corneado! Tal era a sensação inexplicável de Sousa Costa pai.

Pois com o susto se vingava. O ante-sabor da comédia lhe multiplicou os momentos de sorriso, não se esquecera mais. "Depois pregamos um bom susto nele" falara à mulher naquela cena inquieta de explicações com Fräulein. Porém agora diante desta, na biblioteca, pensava melhor, aquilo traria incômodos. Caceteação! o menino ia fazer barulho naturalmente... E esse malestar que as estreias sempre dão...

– Mas Fräulein, não seria possível acabarmos de outra forma?... mansamente? Meu filho vai sofrer muito, é tão amoroso! Depois... depois eu falo tudo pra ele.

Porém Fräulein já sabe que Sousa Costa promete e não cumpre, insistiu. De mais a mais assim, violentamente, a lição ficava mais viva no espírito, isto é, no corpo de Carlos. O corpo tem muito mais memória que o espírito, não é? É. Além disso, por mais burguês e vulgar que seja um alemão, sempre de quando em quando lhe rebrota no deus encarcerado um desejo de tragédia inútil, esse mesmo que fez a renúncia de Werther e o mais inútil ainda sacrifício de Franz von Moor. Sem confessar isso, Fräulein desejava a tragédia, mesmo com o sacrifício da memória dela na recordação de Carlos.

O que Carlos ficava pensando dela... Porém como que isso lhe nobilitava o trabalho anterior, lhe redimia a profissão. Do quê?!

Ah, consciência, consciência... O trabalho e a profissão de Fräulein eram bem nobres, a moça tinha certeza disso. Tinha certeza. Porém. Então ela se falava: Se o senhor Sousa Costa não ensinar agora, não ensina mais. É preciso que ensine. O meu dever é não sair daqui sem que ele primeiro indique a Carlos os perigos. Mesmo com o meu sacrifício.

Por tudo isso insistiu. Assim a consciência adormece. Get zur Ruhe! [11] Sousa Costa, já amolado, prometeu.

Dona Laura, avisada, aceitou suspirando. Matutou assim: Afinal Fräulein partir... que maçada! Tomara ao menos que eu arranje depressa governanta nova! Até de novo se acostumarem todos juntos... E estavam tão bem assim!... Ninguém desconfiava de nada. As meninas progrediam tanto... Maria Luísa já tocava a *Marcha turca* bem direitinho até, quase que não parava.

Mas dona Laura teria pensado mesmo tanta coisa! Não pensou. Eu também por mim não pensei. Então quem foi? Volta aqui o limiar da consciência andando que nem badalo, pra cá... pra lá... Inconsciência... Subconsciência... Consciência... Pra cá... pra lá... É aqui! Então é consciência. Juro que não! Então o limiar é mais pra longe. Será?... Pra cá... pra lá... Dona Laura não falou nada daquilo, nem pensou. Porém aquelas ideias existem. A psicologia também existe. Pra cá... pra lá... E Fräulein partia mesmo, era inútil se lastimar.

– Paciência.

Carlos entrara no quarto de Fräulein. Mal tivera tempo de. Porém já machucara a amante, cruzando as pernas sentado. Tátão, tão, tão!

11. Nota do Autor: Dorme em paz!

– Abra!

Meu Deus! entra Sousa Costa.

– Que está fazendo aqui, diga!

– Nada, papai...

Flébil, flébil, nem se ouvia. Sousa Costa acreditou que era um grande artista dramático. Voltou-se pra Fräulein. Por lembranças românticas franziu a testa.

– Ela não tem a culpa!

De pé agora, relampeando em nítida franqueza, heroico.

– O senhor tenha a bondade mas é de ir já pro seu quarto! Já vou lá também!

Carlos baixou a cabeça, partiu. Francamente: não soube que partia. Não soube que chegou no quarto. Não soube que se encostou na guarda da cama, senão caía mesmo, plorúm! desmanchado no chão. Não soube o tempo que passou. Nada. Enxergou a porta se abrindo. Ergueu a cara pro pai:

– Ela não teve a culpa, papai!

Não relumeava mais, mas sem implorações também. Emperrado apenas na própria verdade: quando uma mulher erra, só o homem é que tem a culpa. E, sem nenhuma temeridade, corajoso.

– Você está louco! Você sabe quem é essa mulher! E se ela agora te obriga a casar! Está muito bonito!

Carlos aterrado, casar! Que explosão de luz essa no cérebro! Luz ruim. Mas o apego a Fräulein subjuga todos os preconceitos, sociedade e futuro desaparecem, só Fräulein, o conchego de Fräulein fica. E ainda um pouco de coragem, cabeçudo. Flébil, flébil:

– Eu caso, papai...

– Bobo! Você não está vendo que é uma aventureira!

– Não é uma...

– Cale-se!

– Papai! mas ela não é uma aventureira!

Agora implorava. Que dó fazia na gente!

– Carlos, você é uma criança, Carlos! e não sabe nada, ouviu! E agora! E se tiverem um filho, como é! diga!! maluco...

Ah! isso acabou Carlos. Caiu numa cadeira, chorou. Sousa Costa já estava cansado também. Sentou-se e falou manso. Aliás por pouco tempo, nem reparou que não ensinava nada. Viu o filho chorando e teve amor, consolou. Felizmente ele estava ali pra acabar com aquilo. Porém que tivesse cuidado pra outra: não tem tantas mulheres sem perigo por aí, não o obrigasse mais a gastar dinheiro com essas coisas. Carlos tira a cara das mãos, quer ver se o dinheiro é verdade.

– Ela não recebeu dinheiro!

– Ah?! então você pensa que ela partia assim, sem nada, não é!...

– Quando!

Que dinheiro, nem baixezas! Fräulein partia! só isso Carlos escutou.

– Quando!

– Quando?! essa é muito boa! o mais depressa possível, amanhã cedo.

– Não papai! não! Eu não faço mais nada!

– Como é! então você!!! Mas Carlos você está maluco duma vez! Parte! e é pena que não possa partir já, agorinha mesmo!

Perdia terreno. Voltou à ideia do filho, com que vencera de-já-hoje. Carlos recomeçou a chorar. Era horrível! casar ainda, mas ter um filho... UM FILHO! Não! era impossível! que medo! E como! Depois! Meu Deus! um filho... Um filho...

– E agora o senhor vai-me deitar e nada de barulhos, ouviu? Eu já falei que arranjo isso. Mas fique aí bem quieto e durma!

Saiu.

Um filho...

Um filho.

Um filho...

Um... filho?

Meu Deus! UM FILHO.

Se atira na cama.

...um filho...

Horroroso! Não raciocinava, não pensava.

...um FILHO...

Nem assombrações amedrontam assim! E Carlos não acredita em assombrações. Carlos espaventado, exausto, antes morrer!... Mas a noção da morte o acalma e retempera. Carlos principia se defendendo, pois não tem a menor intenção de morrer. Um filho?! Mas viria mesmo um filho?... Fräulein teria um fi... Fräulein partia... Vem a figura de Fräulein. Mata o filho. Que filho nem nada! Fräulein! O desejo de Fräulein. O desespero por ela! Não tem nada, tem Fräulein! o corpo dela, o calor dela... Carlos vai. Pra que precauções? Vira o trinco. Porta fechada, naturalmente. Empurra-a. Sacode-a com força. Se lembra de bater e bate.

– Fräulein!

Evidentemente ela não dormia.

– Quem é.

– Abra esta porta!

– Carlos, não posso! Vá dormir!

– Abra esta porta, já disse!

– Mein Gott! seu pai escuta, Carlos. Vá embora!

– Eu arrebento esta porta! Fräulein! abra a porta!

– Meu filho, que é isso! Não faça assim!

–Mamãe me largue! me largue! eu quero abrir esta porta, já disse!

– Mas meu filho tenha paciênc...

– Abra a porta, Fräulein!!

Clave de fá:

– Ocê está louco, Carlos! Não lhe disse...

– Não sei se estou louco! Abra esta...

– Meu filho você acorda suas...

– ...porta!

– ...irmãzinhas!

– Vamos embora!

Sousa Costa foi parar na parede.

– Fräulein!

– Carlos! você faz assim pra seu pai!...

Plam! pampam! plam!...

– Este menino... dou nele ainda!...

Sousa Costa apanharia. Isto é: não apanharia mais, Carlos está se cansando. Desilude-se, tudo está perdido mesmo... Não vale a pena lutar, brasileiro... Mãe e pai seguram ele. Nem carecia. Guiam aquelas pernas sem vontade. Isso sim, carecia.

– Fräulein, mamãe...

Nos seios de dona Laura é levado.

– Agora eu vou mas é fechar você a chave aqui!

– Felisberto, tenha um pouco de paciência! Meu filho! não chore assim!

– Vamos embora, Laura, deixe ele aí!

– Felisberto!

Sousa Costa foi pra cama. Ele bem tinha falado que o menino havia de fazer um barulhão. Estas alemãs que vão pro diabo que as carregue!

Dona Laura acalma o filho. Chora o filho, chora a mãe. Os dedos dela alisam os cabelos de Carlos. Ele nos braços maternos, molhando a mãe de lágrimas exasperadas. De quando em quando o soluço:

– Fräulein...

Flébil, flébil.

Aldinha com seis anos dormia. Certos barulhos não acordam as crianças de seis anos. Porém Laurita com oito e Maria Luísa com treze. Esta, assuntando da porta, olhos grudados na escureza, engole com volúpia os barulhos. Aprende. Laurita também escutava.

Não entendia nada. Deitadinha, muito reta, com medo, sem falar um isto. Pensava? Laurita pensava que havia uma história triste. Fräulein com Carlos. Talqual na fita da Glória Swanson. Mais atrás papai com mamãe. Depois vinham elas. Todos chorando. Carlos pagava o automóvel e apareciam as pessoas que costumavam visitar mamãe. Carlos não ia mais no futebol. Elas ficavam com muita vergonha das visitas. Tudo muito embrulhado, vago, com sono. De repente Laurita pensou nítido que, se papai pegasse ela acordada e Maria Luísa na porta, tomavam um pito grande. Teve medo e principiou chorando, porque desta vez papai tinha razão. Adormeceu chorando.

O trem partia às seis e trinta, escolhera Santos. Bem que podia ficar em São Paulo, a cidade era bastante grande pros dois, porém o acaso dum encontro possível, só pensar nisso lhe prolongaria aquela ternura por Carlos. O irremediável consola mais depressa.

Além disso Fräulein se aborrecera de São Paulo. Por causa de Carlos. Não sei, mas tinha um sentimento de humildade diante dele. Lhe parecia muito sério isso. Careciam do irremediável. Pois então Santos. Ao menos pra partir: Santos. Campinas um segundo lhe passou na geografia. Seria possível a profissão dela em Campinas? Talvez voltasse pro Rio. Seis horas no hol, devia partir. Como vencer a ternura! Pediu pra Sousa Costa que lhe deixasse ver Carlos. Como negar? Dona Laura subiu, chorando já.

– Meu filho... acorde, meu filho!

– Que é mamãe...

Se ergueu sobressaltado, ainda sem pensamento.

– Meu filho, Fräulein vai embora... Você não quer se despedir dela? mas seja homem, Carlos!

Carlos de pé. Mal calçou os chinelos, se arranjar pra quê! Sujo de sono se atirou na porta, desceu as escadas, ficaram perdidos no abraço. Chorando ele mergulhava a cara nas roupas desejadas. Nem lhes gozava o cheiro lavado. Fräulein, entre lágrimas, sorriu assim:

– Meu filho...

Sousa Costa repuxava os bigodes, bolas! Porém lhe doía a dor do filho. Dona Laura descia os últimos degraus. Um dos chinelos de Carlos estava ali.

Era preciso partir.

– Adeus, Carlos. Seja... muito feliz, ouviu? adeus...

Beijou-o na testa. Na testa, tal-e-qual fazem as mães. O beijo foi comprido por demais.

Se desvencilhava. Dona Laura ajudou.

– Filhinho... não faça assim!...

Os braços dele foram ficando vazios. Os braços dele ficaram compridos no ar. Ficaram compridíssimos. Foram descendo cansadíssimos. Teve uma vaga lembrança de que nem a beijara. Não, só um verbo naturalista: não aproveitara. E agora nunca mais. Porta que fecha. Sonolência. Não chorava. Foi andando. Parou calçando o chinelo. Subia os degraus.

Fräulein sacudida pelos soluços nervosos entrou no automóvel. Partiam mesmo. Debruçou-se ainda na portinhola:

– Meu Carlos...

Nada. Só Tanaka fechando o portão, se rindo. E uma casa fechada, toda num amarelo educado, senhorial. VILA LAURA. Quis lutar. Tolice sofrer sem causa. Derrubou-se pra trás largada, desinfeliz. Sousa Costa olhava de soslaio pra ela, sem compreender.

No primeiro andar a janela se abriu, que rompante! Carlos engoliu a avenida, buscando ver, querendo ver, vendo, o automóvel que sabia sem saber estava longe nunca mais, deserto só. Não estendeu os braços. Não gritou. Porém o olhar turvo escorreu pela avenida até onde! meu Deus...

Os raros transeuntes da aurora viam na janela um mocinho chorachorando, coitado! decerto perdeu a mãe...

Na estação Sousa Costa foi comprar o bilhete. Fez Fräulein entrar no vagão.

– Muito obrigada, senhor Sousa Costa. E... acredite, oh! acredite, desejo a felicidade de Carlos!

– Acredito, Fräulein. Muito obrigado.

Exausta, meia triste, ela olhava sem reparar a carreira das campinas. Estação de São Bernardo? Pensava. Quase sofria. Carlos. Era muito sincero, corajoso. Ora! E a raiva contra todos os homens quase que fez ela se rir, prevendo o desastre. Afastou com energia o ódio inútil. Se protegeu contra a imaginação, pensando no dinheiro. Assegurou-se de que a maleta estava ali, estava. Oito contos. Mais dois ou três serviços e descansava. Apesar de tudo, Carlos... que alma bonita, um homem. Tomou-a novo relaxamento de vontades. Doía. Talvez o amasse? Fräulein murmurou severamente o "não", quase que os outros escutaram. Sorriu. Uma ternurinha só. Muito natural: era um bom menino, e não pensemos mais nisso. Estava muito calma.

E o idílio de Fräulein realmente acaba aqui. O idílio dos dois. O livro está acabado.

FIM

Fräulein não age mais e não sentirá mais. Quando muito uma recordação cada vez mais espaçada, o pensamento cada vez mais sintético lhe dirá que viveu ano e pico na casa da família Sousa Costa. Não, isso não lhe dirá. Dirá que teve um Carlos Alberto Sousa Costa em sua vida, rapazola forte, simpático, que se aproxima dela sob a pérgola do jardim. Depois se afasta com a cabeça bem plantada na gola do suéter, vitorioso, sereno, como um jovem Siegfried. E só isso. Já tomou posse de si mesma. As citações lhe voltam à memória. Mais oito contos por colocar. E havia de vencer. Pra isso trabalhava sem férias, basta de reflexões. Wer zuviel bedenkt, wird wenig leisten,[12] não dissera Schiller no *Guilherme Tell*? dissera. Pois então? De que vale agora pensar em Carlos?... Ah... Bocejava. A paisagem se esfriava, resvalando entre morros infantis. A chapada começava se arripiando já. Os primeiros cortes escureciam o ambiente do trem. Davam impressão de crepúsculos intermitentes... numa cidade escura na Alemanha. Moço magro, pálido, acurvado pelo trato quotidiano dos manuscritos... Mês de outubro já frio. Ainda frio aqui. Fräulein veste o jérsei verde. Ele voltava da... do estudo. Jantariam... Alto da Serra. Foi tomar café. Sentou-se de novo. Estava tudo arrumado... Guardara a louça... Pusera a toalha... A maleta? Estava ali. Frases espaçadas no vagão. Alguém tosse. Tossia sempre... Resguarde-se, que esta neblina daqui é perigosa. Iremos passar uns dias de férias numa praia... Volta da Tijuca. O guarda vem pedir a passagem. Ela guardava os bilhetes pro concerto do dia seguinte... Iria enxugar a louça... Punha a toalha na mesa... Cantarolou.

“Am Holderstrauch, am Holderstrauch
Wir sassen Hand in Hand;
Wir waren in der Mainzeit...”

12. Nota do Autor: Quem pensa não casa.

Boceja. Aterro nº 12. Talvez vá pro Rio. Estas montanhas são admiráveis.

"...Maienzeit,
Die glückdichsten im Land." [13]

O idílio acabou. Porém se quiserem seguir Carlos mais um poucadinho, voltemos pra avenida Higienópolis. Eu volto.

A casa esteve imóvel nesse dia. Todos sofriam. Porque Carlos sofria. O próprio Sousa Costa sofria, porém era homem e voltara a achar certa graça no caso, aquilo passava. Os outros imaginavam que não passava. Isto é: não se preocupavam com esses futuros muito condicionais, o importante era o presente. E no presente pirassunungava a dor macota de um, todos sofriam. Até as meninas que, sem saberem por quê, estavam calmas. A própria curiosidade má de Maria Luísa deixara de exercer seus direitos de vida. Uma redoma descera sobre a casa, separando aquela gente da maquinaria da terra.

Carlos não saíra do quarto. Dona Laura deixara o filho com os soluços, ali pelas oito quando o retirou da janela. Mais de hora no mesmo lugar! É o que lhes digo. O almoço foi um pretexto para ela subir de novo. Mas Carlos não tinha fome. Então choraram juntos muito tempo. Depois o choro acabou. Ele pôde beber o chá que dona Laura preparou.

À noitinha apareceu na mesa da janta, que decepção pras meninas! não se via nada! Comeu pouco é verdade, muito digno, sem fraqueza, sem feminilidade. Não se via nada, porém se percebia

13. Nota do Autor:
À sombra do sabugueiro
Sentávamos de mãos dadas,
Éramos no mês de maio
As criaturas mais felizes deste mundo.

que estava outro, estava homem. O bom homem que tinha de ser, honesto, forte, vulgar. Que seria mesmo sem Fräulein, só que um pouco mais tarde. Secundava com calma ao que lhe perguntavam os outros meio com medo. Lhe espaçava a fala aquele ondular dos vácuos interiores. Num dado momento Maria Luísa distraída botou o cotovelo sobre a toalha. Carlos corrigiu o gesto dela, sem irritação mas com justiça. Maria Luísa voltou-se pra ele assanhada, porém aqueles olhos tão de quem sabe as coisas, serenos. Maria Luísa obedeceu. Que lindo!

Acabada a janta, ele foi buscar o chapéu.

– Vai sair, meu filho!

– Andar um pouco.

Caminhou reto pra frente, pelas ruas desconhecidas, não, pelas ruas inexistentes, se sentindo marchar na alma. Veio a fadiga. Depois veio o sono, e então voltou. Entrando no quarto se fechou por dentro, que a mãe não viesse amolar... Sentou pesado sobre a cama. Quereria andar mais. Não tem sono. Uma desocupação grande. Olhando a luz.

A gente vê uma casa...

Paz.

A casa dorme no silêncio.

Sousa Costa seriamente preocupado, uma semana já e nada de melhorar... O rabicho tinha ido longe por demais. Se fossem pra fazenda?... Fossem, mas fossem todos, porque mandar o filho só, não convinha. Sousa Costa nunca abandonará Carlos nesse estado. E muito menos dona Laura. Não adiantavam nada, porém amor brasileiro é assim: puxapuxa, contrai, estica, mas largar não larga mesmo.

O diabo era aquele fim das águas tão chuvoso... Colheita acabada... Não tinha nada que fazer lá. A chacra não dera nenhum resultado. Foram de automóvel, o caminho era quase que um lamedo só. Nem guiando o carro, Carlos teve a aparência de quem se divertia. Sujaram o automóvel, se sujaram... um desastre! E inda por cima a chuvarada na volta! É: só fazenda mesmo, largueza, cavalos, o rio, as criações... Diverte os rapazes. Mas a fazenda... Não tinha nada que fazer lá. Deixemos de precipitações! Melhor esperar mais um bocadinho, se não mudar mesmo, então vamos todos pra fazenda... paciência.

– Você carece de dinheiro?

– Não, papai.

– Tome.

– Mas pra quê, papai!

– Vá no teatro hoje... Divirta-se, que diabo!

Sousa Costa tocara no assunto? Não tocou. Tocou. Assim de esguelha os pais consolam nossos filhos. Carlos indiferente botou a bolada no bolso.

Obedecer... Desobedecer... Obedeceu. Era um sábado, o teatro cheio. A comédia nacional é muito engraçada, aqueles brasileiros gesticulantes, que espevitamento! Parece até que se esforçam por falar as palavras com sutac purrtuguêss, não? E que pândegas! O público ria ria. Lhe deu de sopetão uma raiva tal, não devia de estar ali, era traição à saudade dela. Saiu no meio do ato, incomodando os vizinhos, sem pedir desculpa.

A noite de outubro esgotado pingava uma garoa fria na gente. Carlos anda ao atá. Tomou mesmo o chope? Não sabe mais, andava. Ah, se soubesse aonde ela estava! Cerrava os punhos, batia as pernas um joelho no outro, se machucando. Anúncio luminoso, parou, não podia mais. Jungiu o corpo com os braços ásperos, querendo se partir pelo meio. Aonde ir? Restaurante MEIA-NOITE. Pra casa? Pro inferno? Pro acabar duma vez com aquilo! Apertou mais o corpo, uma palavrinha saltou: Suicídio. O subconsciente, que prestidigitador! Tira da carne as coisas mais inesperadas! A gente não pensa – Jornais do Rio! *Correio da Manhã*, *País*, *Gazeta*!... – não quer, bruscamente espirra uma palavra sem razão. Suicídio? Carlos não se suicidará nunca, sosseguem, a palavra pulou sem ser chamada. Pulou. Caiu no chão. Carlos não se abaixa pra erguê-la. Quem passa, enxerga aquele rapaz parado na esquina, se apertando com os braços pelo meio do corpo, que posição esquisita! Foram pensando que era dor de barriga. Não era não. Era jeito de perguntar, taquarambo, uma resposta já sabida:

– Não. Não sabemos aonde Fräulein está.

No entanto era tão fácil! Jornais do Rio! *Folha da Noite*!... Ela estava ali mesmo, perto dele, à disposição dele, bastando atravessar a rua mais uns passos e portar na Pensão Mme. Bianca (Familiar). Com cem bagarotes então, a gente caminha mais um pouco e a encontra no largo do Arouche, novinhas, bonitas, ítalo-brasileiras. E se não quer gastar os cem, o cinema AVENIDA cerra aos poucos os olhos elétricos, gente que sai, gente nas portas, bulha de empregados apressados, se não quer gastar nem mesmo cinquenta, ela está ali prontinha-da-silva, por qualquer dez mil-réis, vinte, nas lojas de terceira ordem. Na rua Ipiranga então, ela espera Carlos em pencas de quatro e cinco em cada casa. Está por toda a parte, a gente sabe. Carlos não sabe disso.

– Psiu... Entra mocinho!

Não escuta. Cabeçudo, não quer escutar. Será que cultiva a própria dor? Nunca. Só que está muito maturrango no amor, inda não sabe. Não sabe que Fräulein não é a governanta alemã que. Nessa idade, bem entendido. O mesmo anúncio luminoso outra vez, LAPA TERRENOS A PRESTAÇÕES, Fräulein são dois braços, duas pernas, tronco, seios, qualquer cara, cabelos compridos. Nem mesmo cabelos compridos carece mais, Carlos ofega. A ladeira ficou cansada, não tem feito esportes. É isso: Carlos se lembra de que não tem feito esportes, fazer esportes, ora pra quê!... Banza ainda pelas ruas rarefeitas na neblina, viaduto. AO TATUZINHO. Táxi, patrão? Ali pelas duas horas, fatigado, sem cansaço, ardendo, abre o portão da avenida Higienópolis. Tem que se despir, é fatal.

Escuridão.

A colcha branca ondula toda, insone, por mais de meia hora, ver terremoto de teatro. Gira dum lado pro outro, se contorce. Vai se desarranjando, cai. Carlos principia a correr. Vai correndo cada vez mais rápido, depressa, 120 por hora... Pum! caiu. Dá um pulo na cama, respira ofegante, se ergue. Procura a colcha e se cobre outra vez.

Agora está dormindo.

A caridade faz milagres, faz. Aldinha entre as pernas do irmão, puxando a cara dele:

– Carlos! você não foi! Estava tão bonito! que engraçado!...

Ri riso espetaculoso, sem verdade, só pra ver se ele ri também. Carlos sorri. Meia medrosa:

– O palhaço, sabe? veio num automovinho...

– Não é palhaço, Aldinha! é Piolim!...

– Eu que conto! Veio num automovinho, sabe? grande mesmo! Depois pegou na buzina...

– Primeiro ele levou um tombo, Aldinha!

– Um tombão! Engraçado, não? Caiu de perna pra cima... Laurita! como foi que ele falou!

– Viva a República!

– É! Depois ele pegou na buzina, buzinou, sabe? e a buzina não buzinava! Então Piolim espiou dentro da buzina...

– Não foi assim!

– Foi!

– Primeiro o dono do circo ficou parado no meio do circo...

Carlos brinca os beiços vadios na cabeleira de Aldinha. Esta agora escuta, vivendo-o, o caso do palhaço. Pronta pra corrigir Laurita que:

– ...então Piolim amontou de novo no automovinho...

– Tão bonito, Carlos! Olhe! deste tamanho!

– ...e queria passar mas o dono do circo estava parado na frente...

– Ele não via, Laurita!

– Pois é, o...

– ...o dono do circo estava olhando do outro lado. Então o palhaço, sabe? apertou assim na buzina e a buzina não buzinava. Então ele foi buscar o anzol e enfiou ele dentro da buzina, imagine o quê que ele pescou! Um pé de botina! velha mesmo! ihih... Então ele calçou a botina no pé. Tinha uma meia toda escangalhada e... Como é mesmo que ele gritava?...

– Arre, Aldinha! Viva a República!

– Viva a Repúblicaaa...! e saiu no automovinho, sabe?...

– O dono...

– ...do circo levou um tombo tão engraçado! sujou toda a casaca dele! E Piolim foi-se embora muito contente, dizendo adeus pra gente com o lencinho amarelo, tinha também ih!... um cachorrinho, sabe?...

– Minha filha, você está caceteando seu irmão...

– Não está, mamãe. Deixe ela.

E as meninas contam uma porção de casos engraçados. Carlos sorri. Passeia os beiços desempregados na cabeleira da irmã.

– Não foi assim, Aldinha!

– Foi! Deixe eu contar! A japonesa, Carlos?...

Quando aquilo acaba, Carlos se ressente. O flautim, o reconto, a anedota... Isso afasta. Afasta o quê? Não sei. Carlos não quer afastar coisa nenhuma. Aceita corajoso toda dor. Porém que pena a pararaca ter parado de falar!... O flautim, o reconto, a anedota... Não tem dúvida: isso afasta. As imagens da saudade entulham tanto o caminho!... Varra isso daí! Tenho pressa e a vida inteira ainda por viver...

Carlos sentiu que já estava de luto aliviado. Ao abatimento surdo e desespero dos primeiros dias, continuara uma tristeza cheia da imagem de Fräulein. Quer dizer que a amante principiava a ser idealizada. Breve se chamaria Nize, Marília, Salutáris Porta e outros nomes complicados. Não, isso pra Carlos é impossível. Breve Fräulein irá pra esse sótão da vida, quartinho empoeirado, aonde a gente joga os trastes inúteis. Até desagradáveis. Mas por agora ela apenas fora viver num quarto andar. Sem elevador. Carlos já carecia de procurar a imagem dela muito alto.

E vinha sempre acompanhada de qualquer coisa cacete: o horror do filho, a mesquinhez dela, a exigência de casamento, do que escapei! teria mesmo recebido dinheiro?... Não recebeu. Então a imagem longínqua se aproximava apressada. Adquiria mais traços, se corporizava em representação nítida. Belíssima, enriquecida, ai desejo! E não desagradava mais. Fräulein, meu eterno amor!...

Talvez mesmo até nesses momentos ele intransitivamente pedisse qualquer corpo... Porém só tinha prática dum, não amarei mais ninguém! E o corpo de Fräulein vinha, sem atributos morais, sem exigência de casamento, sem filhos, sublime. Carlos aos poucos se exaltava. O ofego dolorido chamava-o à realidade. Severamente reprimia envergonhado a tendência para as torpezas e procurava de novo a própria tristura, buscando outra vez no quarto andar aquela Fräulein que... já muita coisa de convencional nessa tristura.

E ele sentiu sem se confessar a si mesmo que chegara o momento de principiar esquecendo. Meteu-se na manhã, procurou companheiro de esporte, foram treinar futebol. Na avenida Higienópolis o telefonema avisou que ele almoçava com o Roberto. Mais um companheiro se juntara a eles. Passaram a tarde no cinema. Carlos fumou, pagou o chope, sorriu. Quase riu. De sopetão falou alto.

Os amigos namoravam. Carlos por dentro se riu dos platônicos, tolos! grelar assim e mais nada!... tolos. Carlos não namorará.

Na avenida Higienópolis não conheceu mais a casa nem ninguém, era uma gente antiga que voltava. E porque forte, sem precisão de carinhos, a mãe, as irmãs se tornaram inúteis pra ele. Jantou se esforçando por conservar um jeito triste. As conveniências muitas vezes prolongam a infelicidade. Julgou mesmo a propósito recordar a imagem de Fräulein. Teve que subir quatro lances de escadaria interminável, se cansou. Pudera, correra tanto de manhã!... se tivesse avançado um pouco mais, fazia o gol... Tom Mix, que admirável!... O dia já lhe interessava bem mais que o passado.

Vinte e duas horas.

Carlos volta da rua Ipiranga.

– Mamãe! olhe Carlos!...

O corso da avenida Paulista se esparramava no auge. As quatro filas de automóveis se entrecruzavam de manso, espirravam na tardinha as serpentinas. Luís já abandonara outra vez o lugar junto do motorista.

– Mais uma, Luís!

Passava a serpentina para a irmã.

– Por que você saiu de junto do *chauffeur*? Você tem alguma coisa?

– ...tenho nada, mamãe! Você sempre pensa que estou doente!...

Estava bem. Benzíssimo. Fräulein entre os dois irmãos, na capota descida da marmon, recebeu nos olhos a cara cheia de confissões medrosas do Luís. Abaixou recatada o olhar.

– Mais uma, Luís! Luís, mais uma! que lerdeza. Me dê um maço logo!

– Também não brinca, Fräulein?

– Não gosto muito desses brinquedos. Prefiro conversar.

Olhou-o sorrindo. Porém como pintara no sorriso quase a máscara do desejo, tornou a baixar as pálpebras serenas. Varreu com elas o impudor e ficou inocente. Luís se chegara um bocadinho mais ou teve a intenção de. Muito feliz por descobrir essa correspondência. Também não gosta desses brinquedos ásperos, fazem cansaço na gente. E tantas pessoas desconhecidas. É tão melhor dentro de casa, onde a gente se conhece bem. Também preferia conversar. Com ela. Porém como não tinha nada que falar, desenrolava envergonhadamente uma serpentina.

Fräulein olhava-o, puxava-lhe da língua, fornecia assuntos, confiança em si mesmo. Luís progredia, porém lentamente, quase nada. E quando ela, no pretexto amoroso, agarrou a mão dele:

– Não estrague assim a serpentina, mau!

Luís já não retirou a mão. Só que ficou branco, trêmulo, se afoitando ao gosto do contacto. Se pusera a espiar muito atento a cadeia dos autos, não via nada, plum! plum! coração pulando no peito. Fräulein retirou a mão. Trouxera consigo a fita desenrolada da serpentina. Luís docemente, que gostosura! puxava. Fräulein puxava. A serpentina se desenrolando. Tão divino o prazer que ele sentiu os olhos úmidos.

Fräulein pensava, relando a vista pela multidão. Luís lhe desagradava. Não era o tipo dela. Nenhum desses brasileiros, aliás... Queria alguém de puro, de humilde, paciente, estudioso, pesquisador. Chegaria da Biblioteca, da Universidade... Qualquer edifício grande de pensamento, cheio de deuses disponíveis. Deporia os livros... cadernos de notas? sobre a toalha de riscado... Lhe dava o beijo na testa... Todo de preto, alfinete de ouro na gravata... Nariz longo, muito fino e bem raçado. Aliás todo ele duma brancura transparente... E a mancha irregular do sangue nas maçãs... Tossiria arranjando os óculos sem aro... Tossia sempre... Jantariam quase sem falar nada... Serpentinas paulistas a dois e quinhentos! Dois e quinhentos! A *Pastoral*. Iriam no dia seguinte ouvir a *Pastoral*... Ele se punha no estudo... Ela arranjava de novo a... alguém lhe chamou os olhos, conhecido, Carlos? era Carlos com as irmãs na Fiat. Instintivamente ela atirou uma serpentina. A fita rebentou.

– Ah!

Deu um gritinho horrorizada, acertara na testa dele, podia tê-lo ferido... Carlos olhou. Mandou-lhe um gesto rápido de cabeça, quase saudação. E continuou brincando com a holandesa. Fräulein se doeu, tomou com o baque seco nas entranhas. O deus soltou um gemido que nem urro. Esses deuses do norte são muito cheios de exageros. Carlos não fez por mal! foi mostrar que reconhecia e machucou. Fräulein, virando o rosto pra trás, seguiu-o com os olhos, quase amorosa mas já porém reposta no domínio de si mesma. Estava muito direito assim! E se venceu completamente com o raciocínio, numa espécie de felicidade. Estava muito certo assim. Ele amaria muito aquela moça. Era bonita. Rica, se via. Carlos casaria bem, na mesma classe. Os versos de *Hermann e Doroteia* lhe confirmaram o pensamento:

"Mehr wohlangestattet moch ich im Hause die Biaut sehn;
Denn die Arme wird doch nur zulezt vom Manne verachtet,
Und er hält sie als Magd, die als Magd mit dem Bündel hereinkam."

O verso seguinte veio, sem ela querer: Ungerecht bleiben die Männer...[14] repeliu-o. O mundo é tal como é. A gente deve aceitar sem revolta. Carlos casará rico. Perfeitamente.

E uma comoção materna se desencadeou no corpo dela, nem via mais Carlos, os olhos batendo de auto em auto pela gente colorida, Carlos... José... Alfredo já casado... Antoninho também já casado... E, mein Gott, tantos!... tomou-a maravilhosa alucinação. Estavam todos por ali amando. Felizes. Habilíssimos. Familiares. Ela era mãe de amor! Estava até bonita. Mãe de amor! Mãe...

Luís muito sozinho nos seus dezessete anos medrosos, esguio pela desilusão, se queixou:

– É Carlos...

...de amor!... Ela abriu os olhos da vida pra aquele. Ininteligente. Sarambé. Batido, sem mesmo vivacidade interior. Decididamente Luís lhe desagradava, e Fräulein não sentiu nenhuma vontade de continuar. Porém como ele apenas esperasse um gesto dela pra recomeçar o aprendizado, Fräulein molemente buscou entre as mãos dele a fita da serpentina. O gesto preparado aproximara os corpos. Ondulação macia de auto é pretexto que amantes não devem perder. Descansando um pouco mais pesadamente o ombro no peito dele, Fräulein se deixou amparar. Ensinava assim o mais doce, mais suave dos gestos de proteção.

14. Nota do Autor:

"Gostaria que a noiva trouxesse mais enxoval;
Pois a que se apresenta pobremente acaba desprezada pelo marido,
E ele trata como criada a noiva que chega com uma trouxinha de criada.
Os homens são muito injustos..."

Nota

Este ditado vai ser feito com um Lied de Heine, que traduzi também metrificado, me dando por divertimento ver se conseguia incluir o assunto da canção em versos ainda menores e mais sintéticos que os alemães.

Comunicando a tradução a Manuel Bandeira, ele não só me advertiu que esse mesmo Lied já fora traduzido por Gonçalves Dias e publicado, como me fez o favor de, por sua vez, traduzir a canção no mesmo ritmo de seis sílabas empregado por Heine. Embora modestamente só pretendesse essa maior identidade ritmica, não há dúvida que a tradução de Manuel Bandeira é a que mais se aproxima do original.

Aqui vão as três traduções:

Peixeira linda,
Do barco vem;
Senta a meu lado,
Chega-te bem.

Ouves meu peito?
Por que assustar!
Pois não te fias
Ao diário mar?

Como ele, eu tenho
Maré e tufão,
Mas fundas pérolas
No coração.

Tradução de Gonçalves Dias:

Vem, ó bela gondoleira!
Ferra a vela, – junto a mim
Te assenta... Quero as mãos dadas.
E conversemos assim.

Põe ao meu peito a cabeça.
Não tens de que recear.
Que sem temor, cada dia,
Te fias do crespo mar!

Minha alma semelha o pego,
Tem maré, tormenta e onda;
Mas finas per'las encontra
Nos seus abismos a sonda.

Tradução de Manuel Bandeira:
Vem, linda peixeirinha,
Trégua aos anzóis e aos remos!
Senta-te aqui comigo,
Mãos dadas conversemos.

Inclina a cabecinha
E não temas assim:
Não te fias do oceano?
Pois fia-te de mim!

Minh'alma, como o oceano,
Tem tufões, correntezas,
E muitas lindas pérolas
Jazem nas profundezas.

POSFÁCIO INÉDITO (S.D.)

Postfacio. A língua que usei. Veio escutar melodia nova. Ser melodia nova não quer dizer que feia. Carece primeiro a gente se acostumar. Procurei me afeiçoar ao meu falar e agora que já estou acostumado a lê-lo escrito gosto muito e nada me fere o ouvido já esquecido da toada lusitana. Não quis criar língua nenhuma. Apenas pretendi usar os materiais que a minha terra me dava, *minha terra do Amazonas ao Prata*. Fugi cuidadosamente de escrever paulista empregando termos usados em diferentes regiões do Brasil e modismos de sintaxe ou de expressão mais ou menos gerais dentro do país. Certamente que muito errei, porém isso deve ser muito desculpado pra quem se mete num novo roteiro adonde ninguém inda nunca passou! A gente só tem até agora livros regionalistas como linguagem. Quanto aos grandões, os que sabem, não vê que têm coragem de se sacrificar pelos outros, façam o que eu digo, vivem a falar, dizendo pros outros abrasileirarem a língua porém eles mesmos vivem na cola de quanto Figueiredino chupa-mel nos vem da Lisboa gramatical. Eu tenho certeza de conhecer suficientemente a língua portuguesa pra escrever nela sem batatas e em suficiente estilo. Eu desafio quem quer que seja a me mostrar batatas linguísticas na *Escrava*, aonde atingi na prosa portuguesa uma solução que me satisfaz. Pois abandonei tudo e parti ignorante porém com coragem, tropeçando, me atrapalhando, tentando e tentarei sempre até o fim.

– A necessidade de empregar os brasileirismos vocabulares não só no seu exato sentido porém já num sentido translato, metafórico, talqual eu fiz. A apropriação subconsciente das palavras, pra que elas tenham realmente uma função expressiva caracteristicamente nacional.

– Tem também o sabor *inédito* que este linguajar traz pro livro. E que fez pensar que com tal maneira qualquer novo livro meu no gênero, e qualquer tentativa de outro que coincidisse com a minha traria a monotonia e mostraria a pobreza e a pequena quantidade relativa dos modismos e brasileirismos vocabulares. Seria um erro pueril de visão crítica. Não tive a mínima intenção de procurar o curioso e nem o ineditismo depende de mim. Trata-se mesmo de acabar o mais cedo possível com o ineditismo desses processos e de outros do mesmo gênero pra que todas essas expressões brasileiras, quer vocabulares, quer gramaticais passem a ser de uso comum, passem a ser despercebidas na escritura literária pra que então possam ser estudadas, codificadas, catalogadas, escolhidas, pra formação futura duma gramática e língua literária brasileiras. Ninguém me tirará a convicção, arraigada já entre muitos dissabores, brinquedinhos depreciativos de amigos, diz-ques e falar mal por trás e injustiças, que se muitos tentarem também o que eu tento (note-se que não digo "como eu tento") muito breve se organizará uma maneira brasileira de expressar, muito pitoresca, psicologiquíssima na sua lentidão, nova doçura e variedade, novas melodias bem nascidas da terra e da raça do Brasil. Essa expressão é muito provável que talvez ainda século passe sem que ela se diferencie suficientemente do português a ponto de formar uma nova língua. Não sei. E se tivermos uma língua brasileira é provável também que a diferença entre ela e a portuguesa nunca seja maior que a que tem entre esta e a espanhola. O importante não é aliás a vaidadinha de ter língua diferente, o importante é se adaptar, ser lógico com a sua terra e o seu povo. Falam que pra que tenha literatura diferente carece que tenha língua diferente... É uma semiverdade. Pra que tenha literatura diferente é só preciso que ela seja lógica e concordante com terra e povo diferente. O resto sim é literatura importada só com certas variantes fatais. É literatura morta ou pelo menos indiferente pro povo que ela pretendeu representar. – O problema sobre o lugar-comum pra estabelecer formas fixas. Empreguei lugares-comuns propositadamente. Bem entendido: se trata de lugares-comuns modismos brasileiros expressionais, e não lugares-comuns universais, frios polares, amores ardentes e por aí.

NOTA DA EDIÇÃO

O "Postfácio", autógrafo a lápis preto, está nas últimas páginas de um caderno pautado (23 x 16,5cm), onde ficava a parte final de uma possível primeira versão de texto completo de *Amar, verbo intransitivo*, de 1923. Destruídos os manuscritos depois do livro publicado, como costumava fazer, o escritor conservou o posfácio que tem início no verso da derradeira página do romance, p. 295, por ele rabiscada, e vai até a 300, da numeração original. (Arquivo Mário de Andrade - IEB-USP.)

A PROPÓSITO DE *AMAR, VERBO INTRANSITIVO* 1927

Sr. redator.

Agora que as melhores penas da crítica literária já falaram sobre *Amar, verbo intransitivo*, todos pelo *Jornal*, peço acolhida para certas explicações pessoais.

Eu sempre pus reparo no perigo que os meus prefácios traziam esclarecendo por demais os meus trabalhos. Com o prefácio de *Pauliceia* toda a gente se botou falando em Desvairismo se esquecendo da lição verdadeira do prefácio: aquela advertência de que o Desvairismo se acabara com o livro e nem eu mesmo continuava praticando-o. Como de fato não pratiquei em mais nenhuma das minhas obras.

Porém o que acabou me desgostando mesmo dos prefácios foi o caso do *Losango cáqui*. Escrevi aquela advertência e em geral os que falaram do livro se limitaram a glosar o que eu falara, quando justamente o papel do crítico é também determinar quanto o artista não fez aquilo que pretendeu e o quanto ele não é aquilo que julga ser. Enfim: o melhor papel do crítico, desde que o artista seja digno deste nome, é repor o pobre do sonhador na consciência de si mesmo.

Uma vez desgostado dos prefácios, tirei o que estava apenso a *Amar, verbo intransitivo* e me parece que o desastre foi maior.

Não posso me queixar de incompreendido não, porém, é certo que fui transcompreendido, se posso falar assim.

O livro está gordo de freudismo, não tem dúvida. E é uma lástima os críticos terem acentuado isso, quando era uma cousa já estigmatizada por mim dentro do próprio livro. Agora o interessante seria estudar a maneira com que transformei em lirismo dramático a máquina fria de um racionalismo científico. Esse jogo estético assume então particular importância na página em que "inventei" o crescimento de Carlos, seguindo passo a passo a doutrina freudiana.

Mas isso inda não é nada. O que eu lastimo de deveras é que pelo menos de igual importância ao freudismo do livro são as doutrinas de neovitalismo que estão nele. Pois isso ninguém não viu.

Na própria página do crescimento de Carlos, inculco visivelmente que ele vai ser honesto em vida por causa das reações fisiológicas.

A honestidade dele é uma secreção biológica. Pentear sem espelho na frente faz o repartido sair torto e isso deixa os cabelos doendo.

Carlos carece de espelho e tem vergonha de se olhar nele, falo eu no meu jogo de imagens, depois de qualquer ação desonesta. Por isso se conserva honesto para poder olhar no espelho. Honesto por "reação capilar".

O fenômeno biológico provocando a individualidade psicológica de Carlos é a própria essência do livro.

Tanto assim que eu constato dentro do próprio livro que todo o sucedido para o menino foi absolutamente inútil e que Carlos seria o que vai ser, sucedesse o que sucedesse. Simplesmente "porque é um indivíduo normal que nem amídalas inchadas não teve em piá".

Porém não me conservei apenas nesse naturalismo que repudio, não. Embora não tenha acentuado o problema da permanência extrabiológica das ideias coordenadoras do fenômeno humano, creio que não é impossível perceber que Carlos se rege por ideais de justiça, de religião, de sociabilidade, de verdade, etc. que não são simples fenomenologia biológica mas transcendem desta. Tanto assim que na convivência de Carlos-corpo com Carlos-espírito, este ensina para o outro conceito permanente de Deus, de Justiça, de Ciência e de Sociedade.

E ainda estava nas minhas intenções fazer uma sátira, dolorosa para mim e para todos os filhos do tempo, a essa profundeza e agudeza de observação psicológica dos dias de agora. Aqueles que estão magnetizados pelo "sentimento trágico da vida" e percebem forças exteriores, aqueles que estão representados pelo fatalismo mecânico maquinal do indivíduo moderno, tal como Charles Chaplin o realiza; aqueles que atravessaram o escalpelo de Freud e se sujeitaram a essa forma dubitativa de autoanálise de Proust; aqueles que por tanta fineza, tanta sutileza, tanta infinidade de reações psicológicas contraditórias não conseguem mais perceber a verdade de si mesmos. Todos esses caem na gargalhada horrível destes dias, caem no diletantismo e nem indagam de mais nada porque "ninguém o saberá jamais". Pois então: sátira para esses e aqueles! E dando como protótipo de beleza humana o meu inventado Carlos, indivíduo puro, indivíduo que se sujeita às grandes normas, eu creio que pude coroar a sátira com uma evocação que vai além dos simples valores hedonísticos.

Aqui convém matutar numa cousa importante: parece que eu dou para minha arte uma eficiência moral. Não tem dúvida que minha arte é moral no sentido largo em que ela participa do vital e principalmente do vital humano. Porém, estes costumes são "artis-moralista". A arte é sempre moral enquanto lida com os costumes. Porém, estes costumes são "artísticos", quero dizer, são brinquedos puros, desinteressados imediatamente, jogando com os dados vitais: sejam elementos sensoriais, sons, volumes, movimentos, cores, etc.; sejam elementos psíquicos, os sentimentos, o amor, heroísmo, cólera, pavor, paulificação. Até paulificação.

Confesso que com o elemento paulificação inda não publiquei nenhum trabalho "propositalmente". Mas já tenho alguns na gaveta. Porém, é fácil de provar que em várias páginas minhas publicadas procurei despertar nos meus leitores os sentimentos de cólera, de irritação, de impertinência, de mistério, etc. Não sei se consequentemente a boniteza coroou essas brincadeiras, porém, eles é certo que existem.

Mas por outro lado se Carlos conserva os "provérbios de sociedade" e se rege pelas grandes ideias normativas ele não conseguirá ser mais do que uma simples reação fisiológica. Estas darão um São Tomás e um Anchieta? Afirmei que não, no livro. Poderão dar quando muito um Carlos Souza Costa. Foi o que afirmei.

Carlos não passa de um burguês chatíssimo do século passado. Ele é tradicional dentro da única cousa a que se resume até agora a cultura brasileira: educação e modos.

Em parte enorme: má educação e maus modos. Carlos está entre nós pelo incomparavelmente mais numeroso que inda tem no Brasil de tradicionalismo "cultural" brasileiro burguês octocentista. Ele não chega a manifestar o estado biopsíquico do indivíduo que se pode chamar de moderno. Carlos é apenas uma apresentação, uma constatação da constância cultural brasileira. E se não dei solução é porque meus livros não sabem ser tese. Não se consegue tirar do *Amar, verbo intransitivo*, mais que a constatação de uma infelicidade que independe dos homens.

E basta. Não sou nenhum vaidoso que julgue-me inatingível às críticas. Até sou especialmente grato a Tristão de Athayde por tudo o que é de mim sobre o qual ele chamou a minha atenção consciente. Mas agora senti precisão de evocar certas intenções maiores do meu último trabalho para mostrar quanto eu estou... fora da moda?

MÁRIO DE ANDRADE

NOTA DA EDIÇÃO

Carta aberta publicada por Mário de Andrade no *Diário Nacional*. São Paulo, 4 de dezembro, 1927. (Arquivo Mário de Andrade - IEB-USP.)

UM IDÍLIO NO MODERNISMO BRASILEIRO

Telê Porto Ancona Lopes

"Os que amam sem amor
Não terão o reino dos céus."
(Carlos Drummond de Andrade)

A esta altura, o leitor já sabe da história do livro durante a vida do autor, e pode dizer – tomara! – que os percalços de Fräulein, a governanta alemã, o enredaram. Acompanhou os preceitos e preconceitos da família burguesa paulistana Sousa Costa, a educação sentimental e sexual do adolescente Carlos, a pedagogia de Fräulein que convive com um irrealizável sonho de amor romântico. Leitor diligente da apresentação assinada por Marlene Gomes Mendes, conheceu as fases do processo criativo de Mário de Andrade após a primeira edição, em 1927, até a segunda, em 1944, percurso que inclui uma severa refusão do texto, mas não apaga a classificação "idílio", fundamental para que se compreenda um pouco do trabalho do artista moderno no romance *Amar, verbo intransitivo*. Desculpada a paródia, esta é a parte que me toca, paciente leitor! Portanto...

Em 1927, quando o livro sai do prelo, tendo na capa a classificação "idílio", Mário está empenhado em escrever *Macunaíma*, ficção construída como um "canto" e que será por ele classificada "rapsódia", na perspectiva do romance moderno, aberto à experimentação e à autoproblematização. Naquele momento de luta modernista, desdenha rótulos canônicos quanto ao gênero, ou melhor, impõe novas denominações, pois O BESOURO E A ROSA, assim como CAIM, CAIM E O RESTO, narrativas que introduz, em fevereiro e julho de 1924, na série CRÔNICAS DE MALAZARTE, na *América Brasileira*, serão declaradas contos em *Primeiro an-*

dar e *Belazarte*, livros de 1927 e 1934.[1] Aliás, na revista carioca, CAIM, CAIM E O RESTO aparece como "intermédio". No entanto, o timbre "idílio" e o título *Amar, verbo intransitivo*, ao que se pode deduzir de relatos do autor sobre a criação da obra, em cartas a amigos, não advém dos primórdios da escritura, em 1923. Como Mário de Andrade tinha por hábito destruir os manuscritos dos textos seus que recebiam a primeira edição, esses relatos epistolares e a presença, em sua biblioteca, de leituras que lhe alimentaram possivelmente a criação, instauram-se perspectivas históricas e críticas. Da análise das leituras nascem hipóteses a respeito da transcriação de textos de muitos autores, na gênese de obras do escritor paulistano. Reportam-se a aspectos de um crivo crítico sempre operante que aponta caminhos para a compreensão de projetos literários particulares.

Amar, verbo intransitivo teve como primeiro título *Fräulein*.[2] Escrito entre 1923 e 1927, aborda – como se sabe – uma lição de amar a cargo da protagonista que não traz e não precisa de sobrenome; é Fräulein e Elza. Os apelativos, sempre mencionados separadamente, valem como um todo, dando à heroína, ainda que de forma indelével, traços prototípicos. O núcleo da narrativa desenha-se como um idílio, na acepção de uma *sui generis* história de amor urbana: a descoberta, a prática amorosa envolvendo ternura e sexualidade, Fräulein atenta a intransitividade do verbo amar, por ela determinada. Acatando o pensamento de Henri Lefèbvre ,[3] posso julgar

1. Em 1924, a experimentação continuará na poesia de *Losango cáqui* e nos primeiros poemas de *Clã do jabuti* (livro publicado em 1927), escritos nesse ano.

2. A tradução norte-americana de Margaret Richardson Hollingsworth, que sai em 1933, editora Macaulay de Nova Iorque, foi intitulada *Fräulein*.

3. LEFEBVRE, Henri. *Introdução à modernidade*. Trad. de Jeovanira C. de Souza. Rio de Janeiro: Paz e Terra, 1969.

este romance/idílio experimental a obra moderna que se interroga nos próprios propósitos de cunho estético, ideológico e linguístico, e que se afigura, ao mesmo tempo, um texto modernista inscrito em um programa de renovação. E que possui, além da heroína, outra personagem "principal", sem participação direta na intriga, mas vivencia a complexidade da ação de contar – o narrador. Este se firma com autonomia e, machadianamente perplexo, tenta entender uma figura particular de mulher, por meio do distanciamento e da solidariedade. Dela se afasta ou nela se funde – seu discurso é o dela, embora admita que Fräulein pirandelianamente lhe escapa. Apesar de ser o único a se referir à governanta pelo nome de batismo – para as demais personagens ela é sempre "Fräulein", forma de tratamento (senhorita) usada, na Alemanha, para designar professora – este narrador que logra se expressar no feminino ou que se apoia em complexas teorias para explicar comportamentos e o amor, não lhe fecha a figura. Ficam pistas mais ou menos nítidas, para que o leitor tente, ele também, desvendar Fräulein através dela mesma ou dos traços que lhe são atribuídos. Assim, Mário de Andrade, por meio de Fräulein no exercício da profissão abraçada – e Maria Luísa Ramos a comparou à Diótima de Platão[4] – por meio do entrecho e da expressão do narrador, mostra uma possibilidade de construção do moderno romance brasileiro.

O expressionismo e um romance cinematográfico

Idílio não é, pois, a primeira classificação que o texto recebe. Em 2 de agosto de 1923, Mário de Andrade anuncia, a Sérgio Milliet, um romance "cinematográfico".[5] Esta forma renovada

4. RAMOS, Maria Luísa. O LATENTE MANIFESTO. In: *Ensaios de semiótica*: Cadernos de linguística e teoria da literatura, nº 2. Belo Horizonte: FALE/UGMG, 1979.

5. "Atualmente escrevo *Fräulein* – romance. É possível que fique no meio, como

que encontra para definir serve-lhe, dois anos depois, para dimensionar *Vento*:

> Romance de um só capítulo/ sem mesmo subdivisões de/ espaços como em *Fräulein*./ Os episódios ajuntados uns/ com os outros simultâneos.[6]

Esquecer a demarcação tradicional privilegia o enredo construído pelas cenas que fixam diretamente momentos, *flashs*. A separação dos episódios, por meio do espacejamento singelo, acentua graficamente a sequência solta em uma narrativa fragmentada como a vida moderna. A ausência de capítulos avizinha nosso modernista de *Die drei Lieben der Dete Bob* (Berlim e Viena: Ullstein, c. 1914), livro de Victor Rohlenegg, do expressionismo austríaco, em sua coleção. E os episódios que se sobrepõem aliam a absorção do romance do expressionismo e à do cinema, em *Amar, verbo intransitivo*; do cinema que mereceu de Mário crítico, na década 1920, belas e argutas interpretações.[7]

A cena, inerente à arte de Lumière, marca a estrutura do romance expressionista, prosa de vanguarda que se expande no início no século XX na Alemanha e na Áustria, e que, ao lado da poesia da mesma estética, ganha, nas estantes do leitor paulistano, a força

todas as grandes empreitadas que tomo. Cinematográfico." (DUARTE, Paulo, org. CARTAS A SÉRGIO MILLIET. In: *Mário de Andrade por ele mesmo*. São Paulo: EDART, 1971, p. 293.)

6. Mário restringiu-se ao esboço de *Vento*, manuscrito em seu arquivo que recebeu transcrição genética de Tatiana Longo dos Santos, em dissertação de mestrado na FFLCH-USP, em 2001.

7. A crítica de cinema assinada por Mário de Andrade nos anos de 1920 está nas revistas do modernismo e em sua produção no Diário Nacional. Não se restringe a essa década.

de matriz da criação moderna que desponta no Brasil.[8] A leitura, acompanhada ou não de notas marginais autógrafas, da prosa de Wedekind, René Schikle, Hugo von Hofmannsthal, Edschmid e outros, faz com que se suponha, por parte do nosso ficcionista, a apropriação da cena como recurso para de desentranhar antinomias dilacerantes em uma atmosfera de inquietação e expectativa, semelhante à do cinema. A cena expressionista, na fusão das leituras de Mário de Andrade, seara e celeiro da sua criação, casa-se com a cena que formata o idílio no século XVIII.

Na prosa do expressionismo, sobressai ainda a interrupção do fio da narrativa em benefício da digressão do narrador, por vezes ambivalente, vincando a metáfora, recurso amplamente explorado em *Amar, verbo intransitivo*. A digressão acompanhada da metáfora retira do foco, por exemplo, a continuação da cena do beijo "fílmico" de Carlos e Fräulein na biblioteca; ou usa da recriação da "Queimada" de Castro Alves para transpor a fragilidade da condição dos estrangeiros, afastando-se da "cena do quarto", onde se incendeia o amor contratado. As digressões deste narrador brasileiro erudito e vanguardista interpretam os acontecimentos, trabalham a psicologia das personagens e examinam os rumos do romance/idílio. Na digressão, vem à tona um projeto literário re-

8. *Pauliceia desvairada*, publicada em 1922, marco em nosso modernismo, espelhara, em muitos poemas, o diálogo intertextual com poetas expressionistas alemães, mormente com aqueles divulgados por Kurt Pinthus na antologia *Menschheits Dämmerung*: Symphonie Jüngster Dichtung, de 1920, editada em Berlim, por Ernst Rewohlt. O assunto foi por mim abordado em ARLEQUIM DE MODERNIDADE (in: *Mariodeandradiando*. São Paulo: HUCITEC, 1996) e amplamente desenvolvido por Rosângela Asche de Paula, em sua tese de doutoramento, *O expressionismo na biblioteca de Mário de Andrade*: da leitura à criação. (São Paulo: FFLCH-USP, 2007; volume digitado).

novador, consciente da própria condição de brasileiro, no qual a preocupação com a nacionalidade ecoa.

Esse projeto, no que tange à transposição literária da língua portuguesa falada no Brasil, parcela do programa modernista nos anos de 1920, mas praticada por Mário desde as suas primeiras produções de poeta e ficcionista no final da década anterior, afina-se com o expressionismo que advoga a adoção do alemão falado nas ruas. O compromisso com a pesquisa e o português do Brasil, especifica-se em carta para Manuel Bandeira, em 10 de outubro de 1924, durante a redação do romance:

> O livro é uma mistura incrível. Tem tudo lá dentro. Crítica, teoria, psicologia e até romance: sou eu. E eu pesquisador. Pronomes oblíquos começando a frase, 'mandei ela' e coisas assim, não na boca de personagens, mas na minha direta pena. Fugi do sistema português. Que me importa que o livro seja falho? Meu destino não é ficar. Meu destino é lembrar que existem mais coisas que as vistas e ouvidas por todos. Se conseguir que se escreva brasileiro sem por isso ser caipira, mas sistematizando erros diários de conversação, idiotismos brasileiros e sobretudo psicologia brasileira, já cumpri o meu destino. Que me importa ser louvado em 1985? O que eu quero é viver a minha vida e ser louvado por mim nas noites antes de dormir. Daí: *Fräulein*. Confesso-te que sou feliz [9]

No projeto literário andradiano, aspectos estéticos, linguísticos e ideológicos conjugam-se na intenção de anular as fronteiras estaduais, quando o narrador do idílio repete o eu lírico de *Clã do jabuti* e o rapsodo de *Macunaíma*, ao deslocar espacialmente as

9. MORAES, Marcos Antonio de (Org.) *Correspondência Mário de Andrade & Manuel Bandeira*. 2ª. Ed. São Paulo: IEB/ Edusp, 2001, p. 137. Carta datada de São Paulo, 10 de outubro, [1924]; ano estabelecido pela pesquisa do organizador da edição.

expressões e vocábulos regionais que adota. No período vinculado ao processo de criação de *Fräulein/Amar, verbo intransitivo* – 1923-1927–, tempo que se estende até 1928, fim da escritura da rapsódia do herói sem nenhum caráter, Mário de Andrade, na sua acepção de nacionalidade, dedica-se especialmente a subverter o emprego dos regionalismos, por ele apelidados "brasileirismos". Em 1923, assim que termina uma versão a lápis do texto completo, quem sabe a primeira, da qual sobrevive rabiscada, apenas a última página, o escritor esboça um pósfacio, onde se lê:

> A necessidade de empregar os brasileirismos vocabulares não só no seu exato sentido porém já no sentido translato, metafórico, talqual eu fiz. A apropriação subconsciente das palavras, pra que elas tenham realmente uma função expressiva caracteristicamente nacional.[10]

Desregionalizar é, portanto, compor um todo brasileiro "desgeograficado", conforme continua a teorizar nos prefácios de *Macunaíma*, em 19 de novembro de 1926 e 27 de março de 1928. No período citado, a desregionalização, enquanto solução estilística, atinge, além do idílio, os poemas de *Clã do jabuti* (1924-1927) e o texto de *Macunaíma* (1926-1928). Em *Amar, verbo intransitivo*, ela promove, por exemplo, um sutil estranhamento no contraste entre palavras e imagem, na apresentação da fotografia dos Sousa Costa: a mãe, sentada, tendo "a família menorzinha no colo", o pai empertigado e os "barrigudinhos" (os outros filhos) que se ajeitam em torno do casal.[11] Os brasileirismos "família" e "barrigudinhos" que, no norte e nordeste, regiões economicamente desprivilegiadas, designam "filho" e "crianças", colidem com a condição burguesa do grupo familiar paulistano da avenida Higienópolis. Ao ironizar a

10. ANDRADE, Mário de. *Amar, verbo intransitivo*. Ed. cit., p. 151.

11. IDEM. Ibidem. Ed. cit., p. 24.

pose-padrão, os brasileirismos evocam, de fato, aqueles que nunca serão assim fotografados.

O narrador de *Amar, verbo intransitivo* representa, quanto à linguagem, um *alter ego* de Mário de Andrade: pesquisador, dono de sólida cultura, escolhe ser solidário com a voz popular, diminuir as distâncias entre o popular e o erudito. Os chavões, o vocabulário do cotidiano da cidade ou rural, ligados a termos do discurso culto, até sofisticado (com e sem paródia), decalcam, muito vivamente, tanto a pesquisa linguística, como uma alta consciência estilística. Nada é gratuito, ornamental; tudo serve aos propósitos literários do texto.

A questão da nacionalidade, em *Amar, verbo intransitivo*, liga-se também, na trama, a um embate clássico – sentimento, paixão versus razão, soluções práticas para resolver a vida – colocado como o traço básico de um povo que se pauta por um caráter nacional definido, o alemão, representado por Fräulein. A oposição que estrutura a psiquê do alemão, homem-do-sonho x homem-da-vida, com o consequente predomínio do segundo, esteio da sociedade burguesa, liga-se, por mais curioso que pareça, à grande preocupação de Mário de Andrade modernista — compreender e transportar, para seu artefazer, a "entidade nacional dos brasileiros", como escreveu em 1926, no primeiro prefácio de *Macunaíma*. O caráter nacional do alemão contracena com a "constância cultural brasileira constatada", conforme explica em artigo sobre livro, em 1927.[12] Como os expressionistas, Mário fixa o instante e a personagem através da hipertrofia do detalhe significativo, do *close* na cena e da pontuação telegráfica. Explora a simultaneidade ao empilhar sensações e orquestra momentos. Como os artistas desse movimento, condena a burguesia através da ironia e do sar-

12. ANDRADE, Mário de. A PROPÓSITO DE *Amar, verbo intransitivo*. In: *Diário Nacional*. São Paulo, 4 dez., 1927.

casmo, principalmente por meio da ambiguidade, e em imagens e metáforas que moldam, sobretudo, o grotesco, como na ODE AO BURGUÊS de *Pauliceia desvairada*. Como os expressionistas, Mário está desperto para a complexidade do mundo interno de cada personagem, para "o sentimento trágico da vida", conforme declara em carta a Alceu de Amoroso Lima.[13] Como os expressionistas, admite com Freud as forças do inconsciente. Seu narrador sabe que Fräulein não apenas admira a natureza, mas se confunde com ela, primitivamente, no passeio à mata da Tijuca, quando na explosão das sensações e das emoções da heroína, perante o crepúsculo, nos faz pensar em *O grito*, tela de Munch, que tomamos como ícone do expressionismo.

O narrador, concentrado no que a cena tem de essencial, age como a câmera do cinema que registra e compõe a ação, foco isento ou comprometido com o olhar das personagens. Essa narração cinematográfica, combinada com a reflexão metalinguística, constrói um romance moderno, apto a reunir vozes várias, diversos modos de ver, privilegiando o recorte do instante. Eduardo Escorel, em sua recriação cinematográfica do romance, em 1975, compreende com maestria essa característica de *Amar, verbo intransitivo*.

Lançado na década de 20, *Amar, verbo intransitivo* firma-se como "literatura de circunstância", também de raiz expressionista, conceituada na época por Mário de Andrade como o texto voltado para o aqui e o agora, que despreza a perenidade e deseja se circunscrever no presente que transforma em arte para seus contemporâneos.

Se V., caro leitor, se pergunta como foi que, em São Paulo, no início do decênio de 1920, Mário de Andrade aportou no expres-

13. FERNANDES, Lygia, org. *71 cartas de Mário de Andrade*. Rio de Janeiro: São José, s/d., p. 21. (Carta datada de São Paulo, 23 de dezembro, 1927).

sionismo e pôde ler, até em gótico, os poetas, os romancistas e as revistas desse movimento, devo lhe dizer que foi antes e que o romantismo de Heine o atraiu primeiro, em 1916. No arquivo dele, um pedido de autorização para ler *Reisebilder* e *Neue Gedichte* de Heine, dirigido em 21 de fevereiro de 1916 ao arcebispado de São Paulo, fala pelo moço congregado mariano que, espertamente engaveta a resposta datada do dia 26 do mesmo mês, recomendando-lhe a consulta a um sacerdote prudente. E se acerca da poesia desse romântico alemão nas edições do final do século XIX e início do XX, que sua biblioteca conservou.[14] É ele mesmo quem, na crônica "Teutos, mas músicos", em *O Estado de S. Paulo*, 31 de dezembro de 1939, relembra: o contato com a arte e a cultura alemã surgira da necessidade de se desviar o "exagerado francesismo" que percebera em si.

Tem sorte; arranja uma professora muito culta, Frau Else Schöler Eggbert, mulher casada de um organista. Esta o acompanha na leitura dos principais escritores alemães do passado e no mergulho no expressionismo. Wagneriana, leva o aluno, professor no Conservatório e crítico musical, ao libreto de *Sigfried* e do *Crepúsculo dos deuses* que repercutem na criação de *Amar, verbo intransitivo*, entre 1923-1927, após o retorno dela à Alemanha, em 1922, quando Käthe Meiche-Blosen, bela e loura Fräulein, a substitui. O poeta ganha a sua musa; escreve, em 1922, *Losango cáqui ou afetos militares de mistura com os porquês de eu saber alemão*, publicado em 1926. O ficcionista recebe a história da governanta alemã e a transforma no romance/ idílio, no qual plasma Sigfried e Brunilda em Carlos Sousa Costa e na heroína Fräulein, valquíria decaída. Wagner entra igualmente no programa musical idealiza-

14 LOPEZ, Telê Ancona. Leituras e criação: fragmentos de um diálogo de Mário de Andrade. *Manuscrítica*: revista dos pesquisadores em crítica genética, São Paulo: APCG, 2007.

do por Elza: "*Siegfried-Idyll* e *Götterdämmerung. Siegfried-Idyll? Siegfried-Idyl*l."

Não só a música de Wagner, como os Lieder alemães ingressam no romance de Mário, o qual adota a indicação de movimentos musicais durante o desenvolvimento da ação, alude a músicas e instrumentos, como se produzisse um libreto ou uma trilha de cinema. Pensando nas ligações profundas da obra de Mário de Andrade com a música, é importante que um estudo específico ilumine essa questão em *Amar, verbo intransitivo.*

Um idílio à Bernardin de Saint-Pierre

Manuel Bandeira, ao comentar o livro logo depois da publicação,[15] apega-se ao entrecho quando considera *blague*, ironia do romancista, esta súbita lembrança do narrador, corte no "momento fílmico" do beijo na biblioteca:

> Ahn... ia me esquecendo de avisar que este idílio é imitado do francês de Bernardin de Saint-Pierre. Do francês. De Bernardin de Saint-Pierre.[16]

Engana-se o poeta de *Carnaval*, pois a palavra "imitado" presentifica o humor, na intervenção metalinguística que interrompe a ironia – essa sim! – nas ambíguas considerações do narrador sobre as obras virgens de leitura, metáfora da simulação de cultura vigente na casa de Sousa Costa. O humor ri de si próprio com verdadeira alegria ao lançar uma provocação ao mesmo modernismo em que *Amar, verbo intransitivo* se assenta. Na biblioteca, espaço

15. BANDEIRA, Manuel. Amar, verbo intransitivo. A Semana. Belém: 23 mar. 1927. (Recorte no Arquivo Mário de Andrade com indicação de fonte e data em nota dele, IEB-USP).

16. ANDRADE, Mário de. *Amar, verbo intransitivo*. Ed. cit., p. 73.

em que a poesia do sentimento amoroso elevado – Dante, Camões e o árcade Dirceu – se vê relegada a uma postura de *voyeur*, cabe ao narrador flagrar outras trilhas no idílio de Saint-Pierre.

Lembrando que a redação de *Amar, verbo intransitivo* ocorre entre 1923 e 1927, afirma-se, no dossiê do romance *Vento*, uma nota prévia do período janeiro de 1925-novembro de 1928, na qual Mário de Andrade assim esclarece sua acepção do gênero:

> Explicar porque chamo de "idílio" este livro bem como o *Amor, verbo intransitivo* e o futuro *Tempo de Maria*. Idílio já não tem mais a objetividade pastoral. Idílio para mim é todo passe de amor, cheio de doçura e sobretudo cheio de pureza. Ora assim como o idílio de Fräulein e Carlos Sousa Costa de *Amar, verbo intransitivo* é puríssimo. Não da pureza tradicional, do conceito relativo ao pecado cristão, está claro. É puro porque tem essa pureza da fatalidade. Tinha que suceder e não tem malvadeza consciente, impureza consciente nenhuma que o dite. É sincero, é fatal, é puro. Inda mais fácil de provar é a pureza idílica deste livro.[17]

O humor exibe, sem pejo, na displicência proposital, uma das matrizes da criação de *Amar, verbo intransitivo*, ao sugerir afinidades quanto ao projeto literário. Suponho que a leitura de *Paul et Virginie* tenha levantado pontos importantes para o modernista brasileiro. Bernardin de Saint-Pierre escreve em uma língua que não é exatamente o francês castiço, ensinado nas escolas ou nas páginas dos monstros sagrados da França do Século XVIII. Ao fazer com que a narrativa se desenrole na Ilha de Bourbon, no Oceano Índico, e saia da boca de um narrador local, acolhe um bom número de palavras e construções do francês das colônias.

17. FIGUEIREDO, Tatiana Longo. *Café*: trajeto da criação de um romance inacabado de Mário de Andrade. Tese, FFLCH-USP, 2009 (Orientadora: Telê Ancona Lopez, digitada).

Em Mário, o humor consolida-se na provocação que se disfarça em cândida confissão, ao frisar o recurso ao pré-romantismo francês, em um momento de acirrada luta modernista contra a literatura do passado e a importação de modelos culturais europeus. Objetiva aquele postulado seu no Prefácio interessantíssimo de *Pauliceia desvairada*, em 1922: "O passado é lição para se meditar, não para reproduzir".[18]

A afirmação do narrador a respeito do "francês", idioma de Saint-Pierre, reconhece, implicitamente, a necessidade de aliar o projeto estético ao projeto lingüístico, para que o modernismo literário se tornasse ideologicamente coerente em termos de Brasil.

"Do francês. De Bernardin de Saint-Pierre". Ao escandir a declaração, na palavra "francês" reiterada, o narrador recorre à metonímia para se prender à França, e insinuar a diferença entre apropriação artística ou crivo crítico e importação subserviente, na obra aberta a outras combinações além da linguagem. Permite que se imagine que a leitura do "Avant-propos" e do idílio na Ile de Bourbon tenha sublinhado duas preocupações do modernista brasileiro e repercutido na criação de *Amar, verbo intransitivo*: a busca de novas formas romanescas e, paradoxalmente, a construção de uma arte fora dos padrões vigentes na Europa. Saint-Pierre, em *Paul et Virginie*, realça o valor de uma sensibilidade diversa da europeia. No prefácio, frisa a importância de banir o racionalismo árido, de "pintar um solo e uma vegetação diferentes"; de compreender formas de ver e julgar em harmonia com a natureza generosa em que em que coloca suas personagens. Consequentemente – continua Bernardin de Saint-Pierre –, o "romance", enquanto gênero em moda na Europa, não lhe faz sentido; a trama que arquiteta, simples e pura, convém apenas ao idílio, essa "espécie de

18. IDEM. Prefácio interessantíssimo. In: *Pauliceia desvairada*. São Paulo, Casa Mayença, 1922, p. 35.

pastoral",[19] em que a prosa adere à antiga égloga, no lirismo e nas cenas que a recortam. Aliás, as églogas quinhentistas de Cristóvão Falcão, cuidando de amores adolescentes, haviam sido aludidas em PAISAGEM Nº 3 de *Pauliceia desvairada*", em 1922.[20] Além disso, o autor de *Paul et Virginie*, como bom pré-romântico, avaliza a ingenuidade (*naïveté*) e marca seu idílio com uma lição de amor.

Em se tratando do gênero, Mário de Andrade foi ainda leitor dos *Idyllen von dem Verfasser des Daphnis*, de Salomon Gessner, também do século XVIII.[21] Na versão fac-similar da edição princeps de 1756 dos *Idyllen* do poeta e artista plástico suíço, por ele adquirida, é possível que as palavras dirigidas "Ao leitor" (*An den Lesen*), o tenham aproximado de ideias estéticas fundamentais. São elas: a natureza como o espaço gratificante, capaz de restituir aspectos de uma idade de ouro perdida, quando reinava a simplicidade natural e os seres, "livres de situações de escravidão", não se degradavam na reificação da vida. Ideias cuja concretização ficcional se prende diretamente às cenas ou quadros, organizando a prosa poética.[22] Gessner retoma *Dafne e Cloé* de Longus, poeta

19. SAINT-PIERRE, Bernardin de. AVANT-PROPOS. In: SAINT-PIERRE, Bernardin de e GESSNER, Salomon. *Paul et Virginie – La chaumière indienne et le café de Surate – Florian – Galatée, Estelle et ses douze nouvelles – Choix de ses idylles*. Paris: Firmier Didot Frères et Cie., 1836, p. 1.

20. ANDRADE, Mário de. PAISAGEM Nº 3, vs 16-17: "(E si pudesse um verso de Crisfal/ No *De Profundis*?...). Ed. cit., p 106. O eu lírico refere-se às normalistas ("rolas") da Praça da República.

21. GESSNER, Salomon. *Idyllen* mit 11 Radierung von Salomon Gessner und 12 Kupfern von Daniel Chodowiecki. Berlim: Eigenbröder Verlag, s/d. (ed. fac-similar da edição do autor: Zurich: bei Gessner, 1756). Traduzindo o título completo da folha de rosto: *Idílios a partir dos escritos sobre Dafne*.

22. GESSNER, Salomon. AN DEN LESEN. In: Op. cit., p. 5-12. Trechos citados traduzidos por Rosemarie Horch.

grego que, no século V D.C., focalizara a descoberta do amor em um casal de pastores adolescentes, soma de ternura e sensualidade.[23] Traduzidos para todas as línguas da Europa, os *Idílios*, que desenvolvem essa mesma acepção de amor, exerceram influência sobre os poemas pastoris galantes do Século XVIII e encantaram os rousseaunianos. No século XIX, as edições francesas reuniram Gessner e Bernardin de Saint-Pierre, abrindo, porém, o livro com o texto de melhor repercussão na época, *Paul et Virginie*. De qualquer maneira, em ambos, Saint-Pierre e Gessner, o idílio, gênero antigo, renasce no poema em prosa e na prosa romanesca. Além disso, o amor terno, um dos motivos que pontuam a trajetória de Fräulein, no devaneio a ser vivido na Alemanha ao lado de um homem culto e sensível, parece glosar o idílio, na valorização da *Pastoral* de Beethoven e no quadro bucólico no qual, segundo o narrador, a governante se imagina "regando flores, pastoreando os alvos gansos no prado, enfeitando os lindos cabelos com margaridinhas."

À guisa de despedida

Leitor, eu que me propus a conversar sobre o romance/ idílio fico por aqui. Sabemos que há muitos outros temas, já percorridos ou por focalizar. Um deles é a presença de Freud, insistência no discurso do narrador e matriz do romance. Valerá a pena ultrapassar a constatação de que o narrador, paralelamente à trama, alonga-se em cogitações a respeito da psicanálise, o que obrigou o romancista a assumir o "freudismo" do livro, em A PROPÓSITO DE *Amar, verbo intransitivo*, artigo no *Diário Nacional* de São Paulo, em 4 de dezembro de 1927, respondendo, de fato, a restrições

23. GESSNER teria conhecido o texto incompleto de *Dafne e Cloé* na tradução de Amiot, do final do século XVI, em Florença, antes da descoberta do texto grego integral, no manuscrito, por Courrier, em 1807, que o publica em 1821.

dos críticos. Entre eles, Rodrigo Melo Franco de Andrade que, em *O Jornal* de 8 de maio de 1927, aplaudira "a primeira tentativa verdadeira de romance modernista no Brasil", mas, condenara as digressões decorrentes do "excessivo empenho de fazer modernismo" e da preocupação em exibir conhecimento da teoria do mestre de Viena.[24] Ir além desses acontecimentos talvez seja compreender, analisando o reescrever do texto para a segunda edição, que Mário aceita a proposta implícita de Rodrigo, no intuito de preservar a matéria romanesca - desbastar. Talvez seja esmiuçar Sigmund Freud matriz, em LES TRANSFORMATIONS DE LA PUBERTÉ, parte III de *Trois éssais sur la théorie de la séxualité*, edição de 1923, na qual o lápis do ficcionista brasileiro deixou notas de estudo para a construção de Carlos, o filho de Souza Costa.[25] Assim como Freud, merecem análise Wagner, Beethoven, o Lied do romantismo, a presença de Goethe, Schiller, Nietzsche, a questão da nacionalidade, o expressionismo, as relações com música, o cinema, a pintura etc etc ou reticências para a minha esperança de que esta edição, nos 80 anos da publicação de *Amar, verbo intransitivo*, suscite muitos trabalhos.

24. ANDRADE, Rodrigo M. F. de. Dois livros de Mário de Andrade. *O Jornal*, Rio de Janeiro, 8 maio 1927. (recorte com indicação de periódico e data em nota MA, a lápis; Arquivo Mário de Andrade, IEB-USP)

25. FREUD, Sigmund. *Trois éssais sur la théorie de la séxualité*. Trad. De Reverchon. Paris, Nouvelle Révue Française, 1923, p. 109-158.

FAC-SÍMILES DE *AMAR, VERBO INTRANSITIVO*

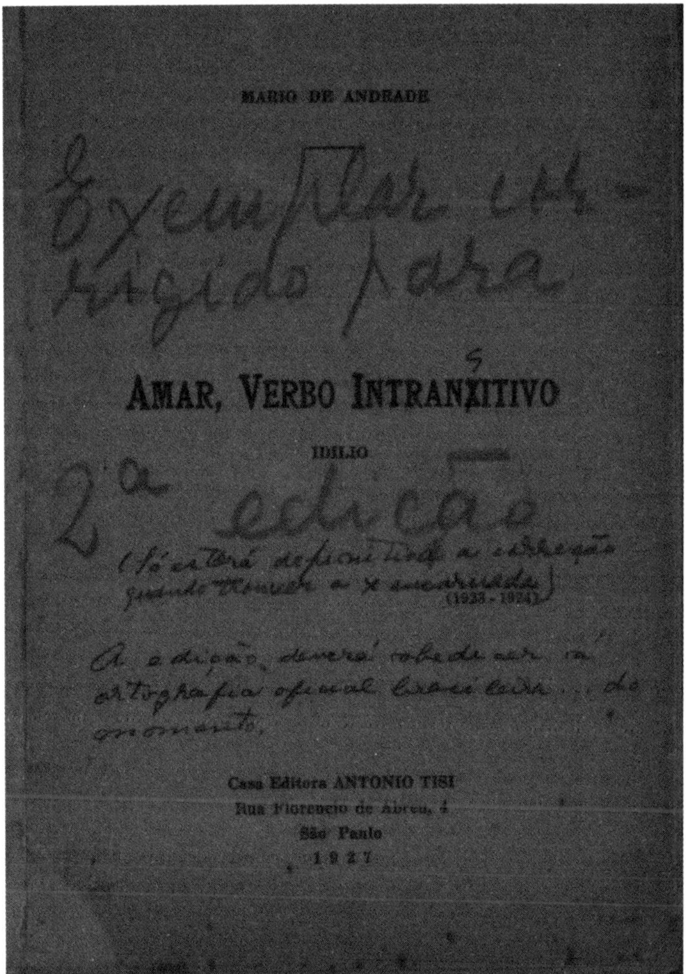

MARIO DE ANDRADE

Exemplar corrigido para

AMAR, VERBO INTRANSITIVO

IDILIO

2ª edição

(1923-1924)

Casa Editora ANTONIO TISI

Rua Florencio de Abreu, 4

São Paulo

1 9 2 7

Folha de rosto do exemplar de Amar, verbo intransitivo, *mostrando etapas na criação de um novo texto. As rasuras do escritor transformam a edição princeps em manuscrito da versão para a 2ª edição.*

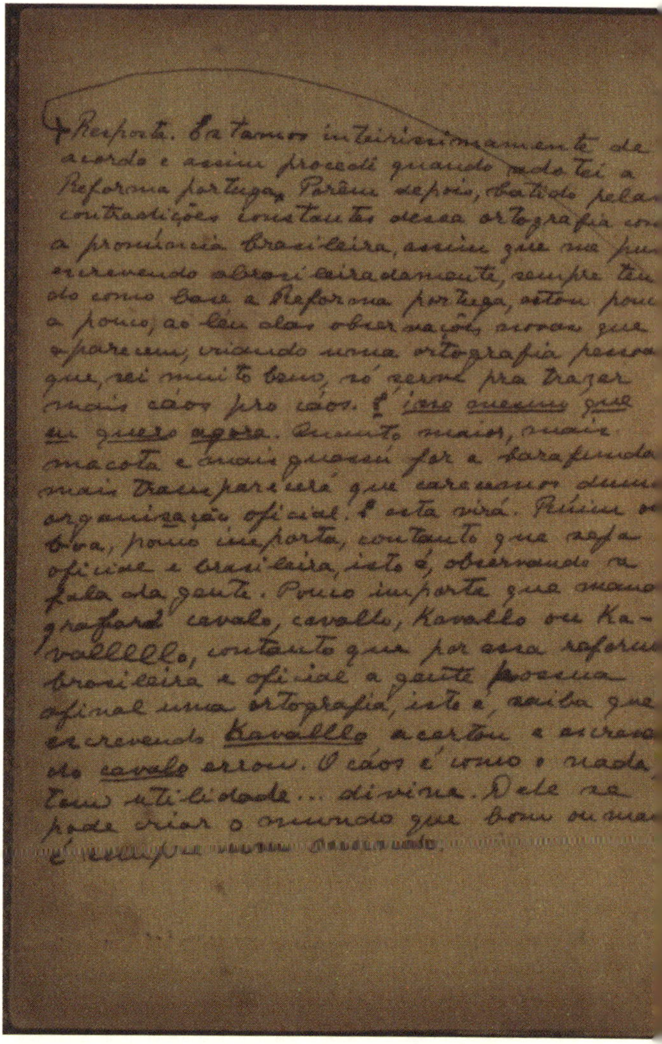

→ Resposta. Estamos inteirissimamente de acordo e assim procedi quando adotei a Reforma portuga. Porém depois, batido pelas contradições constantes dessa ortografia com a pronúncia brasileira, assim que me pus escrevendo abrasileiradamente, sempre tendo como base a Reforma portuga, notei pouco a pouco ao léu das observações novas que apareciam, criando uma ortografia pessoal que, sei muito bem, só serve pra trazer mais cáos pro cáos. É isso mesmo que eu quero agora. Quanto maior, mais macota e mais guassú for a barafunda mais transparecerá que carecemos duma organização oficial. E esta virá. Péssima ou boa, pouco importa, contanto que seja oficial e brasileira, isto é, observando a fala da gente. Pouco importa que mano grafará cavalo, cavallo, Kavallo ou Kavalllo, contanto que por essa reforma brasileira e oficial a gente possua afinal uma ortografia, isto é, saiba que escrevendo Kavalllo acertou e escrevendo cavalo errou. O cáos é como o nada, tem utilidade... divina. Dele se pode criar o mundo que bom ou mau é sempre um mundo.

Folha de rosto do exemplar de Amar, verbo intransitivo *presenteado por Mário de Andrade a Pio Lourenço Corrêa, com comentários deste.*

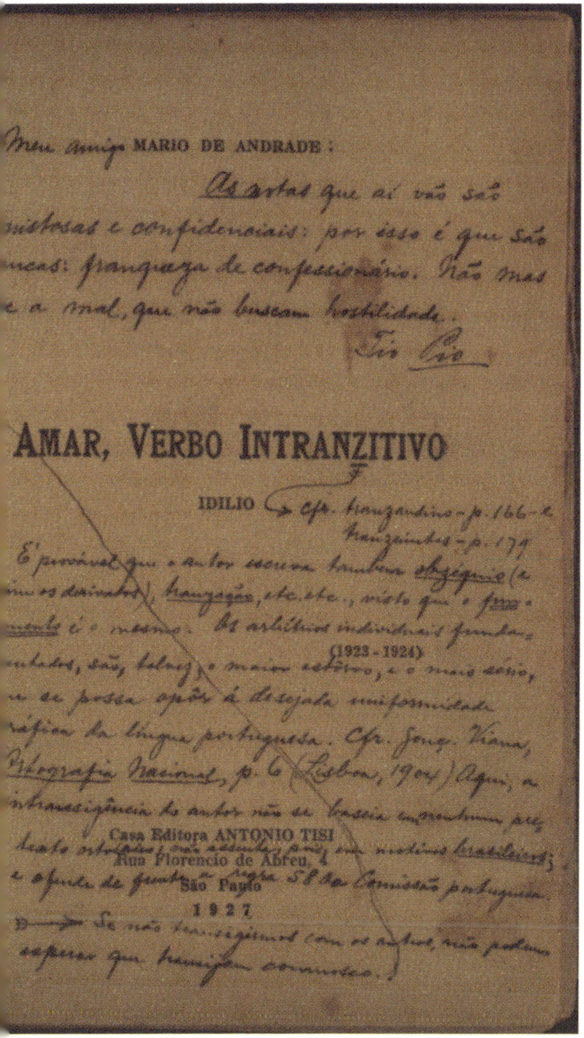
Meu amigo MARIO DE ANDRADE:

As cartas que aí vão são [m]istosas e confidenciais: por isso é que são [fr]ancas: franqueza de confessionário. Não mas [le]ve a mal, que não buscam hostilidade.

Tio Pio

AMAR, VERBO INTRANZITIVO

IDILIO

(1923 - 1924)

Casa Editora ANTONIO TISI
Rua Florencio de Abreu, 4
São Paulo
1927

(Capítulo para ser introduzido no espaço da pg.164)

Houve apenas um instante de sossêgo quando o pulman principiou gemendo,o trem partia.Então,depois de mais uma olhadela,pra ver si todos estavam mesmo ali bem garantidos,dona Laura se lembrou que era senhora de sociedade,Ergueu um pouco o busto,recolheu o ventre pra caber milhor dentro da cinta e tentou guardar os fiapos de cabelo que lhe chuviam pelo rosto,pela nuca,orelhas.Deu um suspiro de alívio,como trabalhara!

Na verdade não trabalhara coisa nenhuma,Fräulein é que fizera tudo.Marina,a pretinha,era inutil nos seus quatorze anos de sonho.Sousa Costa,êsse fazia só pagar,pagar era com êle,ninguem mais calmo pra sacar a carteira do bolso e dar gorgêta bôa.Mas o resto,não entendia dessas "coisas de mulher".Fräulein fizera tudo e por felicidade,sem nenhum acidente.As malas estavam todas despachadas,e maletas,bolsas,sacos-de-viagem,os filhos,luvas,luvinhas,chapéus,Marina,Felizberto,Fräulein,a cesta com os sanduíches das crianças,tudo estava ali.Dona Laura deu um último arranjinho no decote pequeno que já estava despencando prà direita e ficou feliz.Fräulein ia sentada bem na frente dela.As crianças menores junto de ambas,já encarapitadas,amarfanhando os guarda-pós dos bancos de couro falso,olhavam pelas janelinhas abertas.

-Cas...Cascadura!Mamãe!a estação se chama Cascadura!

-Já sei,Laurita,fique quietinha,viu!

Sousa Costa baixara o jornal com o grito de Laurita.Mas se riu,a filha já estava lendo tudo.Dona Laura ficara meia incomodada porque diversas pessoas dos bancos da frente tinham se voltado com o grito da menina.Olhou o marido e sacudiu a cabeça,desaprovando.Mas Sousa Costa já mergulhara no jornal,sentado fronteiro à mulher,do outro lado do corredor central do vagão,com o resto do pessoal miúdo.Carlos,junto do pai,defrontava Maria Luísa.

Em frente de Sousa Costa,a pretinha Marina imovel,se agarrara com as duas mãos no banco,esturrecida,boca aberta,olhos esbugalhados,gozando.Como tinham ido ao Rio pelo noturno,esta era realmente a primeira vez que enfim Marina viajava de trem,a sua maior aspiração.Automovel,

"(Capítulo para ser introduzido no espaço da pg 164)", 1ª versão. Datiloscrito com rasuras a tinta preta.

sempre nas famílias feito troféu.Laurita [illegible] implacavel solicitude de gritar a todo o vagão o nome das estações que chegavam.Dona Laura,seios arfantes,arranjando pela milionésima vez o decote despencado,agora não se aguentava mais de calor.Olhou com desespêro a vidraça da janelinha fechada.Umas casas,casas escoteiras,sem arruamento,se ajuntavam cada vez mais numerosas na paisagem.E a sufocação de dona Laura pressentiu que o trem diminuia a marcha aos trambolhões.Decerto alguma cidade maior...iriam parar mais tempo e se abriria as janelas pra arejar o vagão...E na espera ansiosa,proquê foi que dona Laura se lembrou de perguntar a Laurita o nome daquela estação! Laurita encostou o rostinho na vidraça,gloriosa de prestar um serviço à mãe.Mas gritou no estardalhaço

-Não se enxerga,ainda...Já falo,mamãe!

E amassava o nariz contra o vidro.Sousa Costa,com medo de algum fracasso da filha,espiou em roda.Vários viajantes esperavam tambem,abatidos,alguns já se erguendo,sorrindo com paciência.As casas agora já chegavam arruadas,lerdas,O trem parava aos pedaços.Laurita gritou:

-É...é Mi...Mi-quitó-rio!Mamãe!é Miquitório!

Dona Laura,Fräulein se sentiram morrer.Mas desta vez Sousa Costa, perdido por completo o contrôle,se ergueu,iria bater na filha.Fräulein meio se levantou pra salvar o decôro,buscando evitar a palmada.O trem parou num tranco e os dois,Fräulein com Sousa Costa abraçados,afundaram nos peitos da dona Laura.Sousa Costa enojado se desvencilhou num tempo, deixando Fräulein lá.Ia...O vagão todo se escangalhava de rir,até a norueguêsa.De repente Sousa Costa não soube mais o que ia fazer.Xingar a Central do Brasil? jurar que nunca mais viajava de trem? Dona Laura,com ar de muito machucada,arranjava o decote.Pedir desculpas? bater na filha,isso nunca!jamais Sousa Costa havia de por a mão num filho.E como um bólide tenebroso veio surgindo dentro dele,veio engrossando,Laurita e a filha dele!o bólide já estava estrondando dentro dele,não cabia,um desespêro gigantesco e lusitano de desatravancar a vida numa piada bem grossa,se igualar à filha,se vingar de tudo no impudor dele,e falou mesmo!Falou saboreando as palavras:

-Não é Mistório não,minha filha!...Miqui-tó-rio é o lugar onde toda a gente do vagão faz pi-pí!Faz pipí,ouviu!

(V. segue outra versão.

179

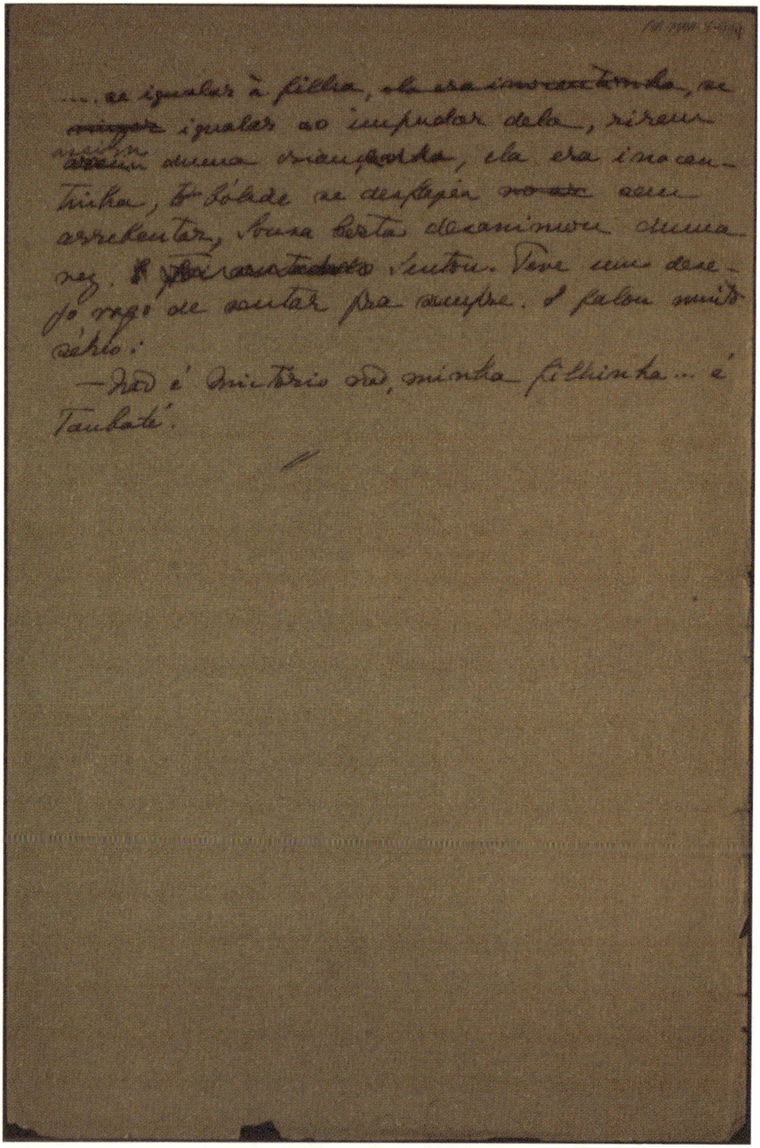
... se igualar à filha, se igualar ao impudor dela, virem duma criançolinha, ela era inocentinha, D. Laura se desfazer em arrebentar, Sousa Costa desanimou duma vez. Sentou. Teve um desejo vago de cantar pra [illegible]. E falou muito sério:

— Não é Ministério não, minha filhinha... é Taubaté.

1ª versão do trecho final do "(Capítulo para ser introduzido no espaço da pg 164)".

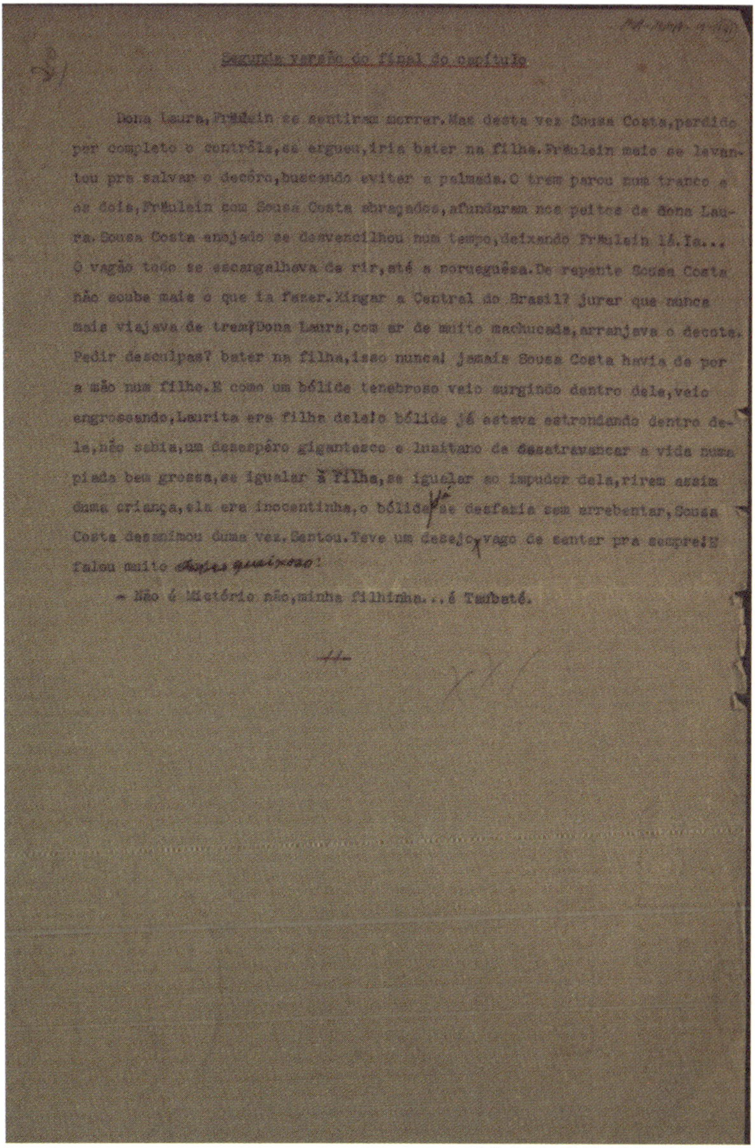
Segunda versão do final do capítulo

Dona Laura, Fräulein se sentiram morrer. Mas desta vez Sousa Costa, perdido por completo o contrôle, se ergueu, iria bater na filha. Fräulein meio se levantou pra salvar o decôro, buscando evitar a palmada. O trem parou num tranco e os dois, Fräulein com Sousa Costa abraçados, afundaram nos peitos de Dona Laura. Sousa Costa anojado se desvencilhou num tempo, deixando Fräulein lá. Ia... O vagão todo se escangalhava de rir, até a norueguêsa. De repente Sousa Costa não soube mais o que ia fazer. Xingar a Central do Brasil? jurar que nunca mais viajava de trem? Dona Laura, com ar de muito machucada, arranjava o decote. Pedir desculpas? bater na filha, isso nunca! jamais Sousa Costa havia de por a mão num filho. E como um bólide tenebroso veio surgindo dentro dele, veio engrossando, Laurita era filha dele! o bólide já estava estrondando dentro dele, não sabia, um desespêro gigantesco e lusitano de desatravancar a vida numa piada bem grossa, se igualar à filha, se igualar ao impudor dela, rirem assim duma criança, ela era inocentinha, o bólide já se desfazia sem arrebentar, Sousa Costa desanimou duma vez. Sentou. Teve um desejo vago de sentar pra sempre! E falou muito queixoso:

– Não é Mictório não, minha filhinha... é Taubaté.

"*Segunda versão do final do capítulo*".

Produzido em conjunto
com a Equipe Mário de Andrade
do Instituto de Estudos Brasileiros
da Universidade de São Paulo (IEB-USP),
coordenada por Telê Ancona Lopez.

Projeto gráfico
Ana Luisa Escorel | Ouro sobre Azul

Revisão
Marcela Miller

Produção editorial
Lucas Bandeira de Melo

CIP BRASIL | CATALOGAÇÃO NA FONTE
SINDICATO NACIONAL DOS EDITORES DE LIVROS RJ

A568a

Andrade, Mário de, 1893-1945
Amar, verbo intransitivo: idílio | Mário de Andrade
| Rio de Janeiro: Nova Fronteira, 2013
Obras completas de Mário de Andrade

ISBN 978 85 209 3435 7

1. Romance brasileiro | I. Título | II. Série

07 1748 CDD 869 93
CDU 821 134 3 (81) 3

Editora Nova Fronteira Participações S.A.
Rua Nova Jerusalém, 345 | Bonsucesso
CEP 21042 235 | Rio de Janeiro RJ
T 21 3882 8200 | F 21 3882 8212 | 3882 8313

Este livro foi composto com Adobe CaslonPro
e impresso pela Edigráfica sobre papel avena 80g
para a Nova Fronteira.